なりたて中学生

初級編

ひこ・田中

講談社

なりたて中学生　初級編

装画　浅野隆広
装幀　坂川栄治＋坂川朱音（坂川事務所）

1・成《なり》田《た》、小学校を卒業する。

オレは校門の前に立っていた。左右をオレと同じ新入生とその親たちが通りすぎていく。まっさらな制服《せいふく》の子どもと、びしっとキメた親たち。みんな楽しそうで、幸せそうや。

そらそや。今日は入学式やもん。晴れの日やもん。お祝いの日やもん。

もちろんオレもまっさらな詰《つ》め襟《えり》の制服を着て、母親もびしっとキメていた。

けどオレは、校門の前でびびっていた。

敵方《てきがた》の住民のふりをして相手の城門《じょうもん》の中へ入ることになった主人公の気分。いや別に、オレが主人公やとか、それにふさわしいタイプのええ男やとか思っているわけやない。オレは、ただの普通《ふつう》の……、普通の……。

オレは普通のなんやろう?

ああ、わからん。

とにかく落ち着いて、怖《こわ》がっているのを悟《さと》られず、平気なふりをして、みんなに紛《まぎ》れて、何気なく校門をくぐるのや。

「テツオ、そこで何ぼけーっと立ち止まってるの。早《は》よ、こっちこんかいな」

すでに敵方の城内に入っていた母親がオレを手招《てまね》きする。もう片方《かたほう》の手には講堂《こうどう》で履《は》く上履きを持っている。

あまりの落ち着きように、オレは母親の偉大《いだい》さを感じる……わけやない。

オレをこんな目に遭《あ》わせた張本人《ちょうほんにん》の一人が母親や。もう一人の張本人である父親は「仕事上の付き合い」という仕事に出かけてしまった。敵前逃亡《てきぜんとうぼう》ってやつ。まあ、父親のことは最初から当てにはしてへんから、それでもええけどな。

こんな目といっても、両親は極悪非道《ごくあくひどう》でオレに暴力《ぼうりょく》をふるうとか（母親はときどきオレの頭を叩《たた》くが、あれは愛情《あいじょう》の一つということにしている）、食事を与《あた》えないとかそういうことではない。

二人は一生懸命《いっしょうけんめい》働いて、働いて、働いて、オレが六年生の夏休み、ついに賃貸《ちんたい》アパートから一戸建て住宅《じゅうたく》にグレードアップしたんや！

父親が、「三十年ローンやぞ、テツオ。退職《たいしょく》してからもまだお金を返すのや、すごいやろ！」と言った時、自慢《じまん》そうに見えたのは不思議だった。きっと、家を買えたことのうれしさのほうが、退職してからも数年間ローンを払《はら》わなければならない悲しみよりも大きかったのや。オレは思わず父親を抱《だ》きしめてやりたくなった。

そのあと、父親は、「テツオ、転校せんと、このまま土矢《どや》小学校に通うたらええしな」と言った。

？

オレは、父親が何を言っているかよくわからなかった。

転校？

「微妙《びみょう》な話やから、お前は理解《りかい》できてへんやろ」と母親が笑った。それから、テーブルに置いたタブレットでグーグルマップを開き、マークが付いている今のアパートの場所から今度引《ひ》っ越《こ》す家辺りへと地図をドラッグし、両方が画面に入るようにピンチインした。

「あのな、今度のマイホームは、ここからはバスで停留所《ていりゅうじょ》が四つ離《はな》れているやろ。だから校区が違《ちが》うんや。今のアパートは土矢小学校で、今度のマイホームは瀬谷《せや》小学校。間に南谷《なんや》小学校があるけど、これは関係ないな。瀬谷小学校に転校してもええけど、せっかく五年と一学期の間通った土矢小学校やから、友達もおるしな。これまでより早起きせなあかんし、バス通学になってちょっと大変やけど、土矢小学校に通ってもええでというありがたい話を、パパはテツオにしてくれているの」

確《たし》かにオレは理解していなかった。新しい家やということに親よりもっと舞《ま》い上《あ》がっていた。前のアパートの辺りは静かすぎたけど、この辺りはちょっと行けば大通りもあってそこにはファミレスも、入れないけどパチンコ屋や飲み屋もあってにぎやかで、うれしかった。せやから、オレはその話を聞いた時、その奥《おく》に隠《かく》されているもっと重大な事実に気づくこともなく、想像《そうぞう》の翼《つばさ》を広げて、もっともっと、思い切り盛《も》り上《あ》がっていた。

他のやつは、集団《しゅうだん》登校でちょろちょろ歩いて通学しとるけど、オレは定期券《ていきけん》持って、ゆったりとバスの座席《ざせき》に腰掛《こしか》けて学校まで通学や。バス通学って、私立《しりつ》の小学生みたいやん。

集団登校《しゅうだん》の生徒があっちからもこっちからも正門に集まってきている時、オレは校門前にある土矢二丁目のバス停で降《お》りる。「あ、君ら歩いてきたん？　ぼくバスに乗ってきたよ」ってなもんや。なんやったら定期券《ていきけん》をＩＤカードみたいにぶら下げてもええかもしれんな。

というふうにな。


引《ひ》っ越《こ》しは距離《きょり》が離《はな》れてないこともあって、簡単《かんたん》に終わった。オレの部屋は前の四畳半《よじょうはん》の畳部屋《たたみべや》から、二階のドア付きの洋室に変わった。押《お》し入《い》れはなくてクローゼットというもんが付いていた。

机《つくえ》もイスもベッドも前のままやったから、きれいな壁《かべ》がちょっと落ち着かないくらいで、部屋にはすぐになじんだ。

部屋が二階になったのは初めての経験《けいけん》やった。階段《かいだん》は校舎《こうしゃ》や歩道橋みたいな大きいのには慣《な》れているけど、狭《せま》くて急なのは友達の家で上り下りしたことがあるだけやから、しばらくは転げ落ちそうで結構怖《けっこうこわ》かった。一回滑《すべ》り落《お》ちたこともある。腰《こし》がめっちゃ痛《いた》かったけど、それも楽しかった。さっそく階段に滑り止めを貼《は》り付《つ》けてくれた母親は、

「いらんお金やけど、テツオが死んだらあかんしな」と、ありがたい言葉をオレに投げかけてくれた。おおきにな。

なんていうか引《ひ》っ越《こ》しは、長かった十一年間の人生を、ちょっとだけリセットした気分やったな。オレはオレのままやけど、もう一度オレになり直したみたいな感じやな。

夏休みの間はバスに乗って友達のところに遊びに行った。これもなかなかおもろかった。土矢二丁目のバス停に近づくと、菱田《ひしだ》と小谷《こたに》が待っていてくれるのや。

先に二人を紹介《しょうかい》しとくな。

菱田陸《りく》は、おそらくクラスでは成績《せいせき》が一番。ひょっとしたら学年一かもしれん。そんな賢《かしこ》いやつがどうしてオレと付き合ってくれているのかはわからない。素直《すなお》なオレは、そう菱田に尋《たず》ねたことがある。すると菱田は「違《ちが》うタイプのほうが、おもしろいやろ」と答えた。賢いやつやからと、度のきついめがねを掛《か》けているとか、ひょろひょろで運動神経《しんけい》がないとかイメージしたら、残念ながら不正解《ふせいかい》や。菱田はかっこよくて、体育の成績も良くて、女子には人気がある。唯一《ゆいいつ》の弱点は、オレより一センチ背《せ》が低いことかな。

小谷飛鳥《あすか》は、クラスで一番けんかが好き。運動神経もオレの二倍、菱田の二割増《わりま》しはある。せやからといって、顔が怖《こわ》いとか服が汚《きたな》いとか口が臭《くさ》いとかすけべとかをイメージしたら、残念ながら不正解や。小谷は菱田の一割引きくらいはかっこよくて、女子の人気はオレの五割増し、菱田の二割増しくらいある。唯一の弱点は、オレより足の大きさが五ミリ小さいことかな。

えーと、ああそうや。バス停に二人が迎《むか》えに来てくれる話やった。

オレはバスから降《お》りて胸《むね》を張《は》り、「お迎え、ご苦労」と言って、菱田と小谷に思い切りくすぐられて、あやまる。これが夏休みからのお約束になった。

バス通学がええのは、瀬谷小学校と土矢小学校の間にある南谷小学校の校区はバスの中にいたまま通過《つうか》するので、オレ一人でも安全だからや。

オレたちの土矢小学校と隣《となり》の南谷小学校は、普段《ふだん》はなんの関係もなく、それぞれの学校で平和に小学生をやっていた。けど、隣は隣なので（南谷通りの南側が土矢小学校区）、放課後に南谷通りをぶらぶら歩いていると南谷小の生徒と出会うことは多い。無視《むし》すればええのやけど、これがなかなか難《むずか》しいのや。こっちだと小谷。向こうは後藤《ごとう》。こいつらすぐに相手をにらみよるねん。オレみたいな平和主義者《しゅぎしゃ》は、相手が存在《そんざい》しないかのように装《よそお》うけど、小谷はすぐに立ち止まって、ドヤ！状態《じょうたい》に突入《とつにゅう》して後藤をにらみ、相手の後藤もドヤ！状態になって小谷をにらんだら、お互《たが》いが、「なんや？　お前？」という状態へと変わる。

菱田は「小谷は肉食系《にくしょくけい》やからな」と笑うけど、オレのような小心者は、いや平和主義者は、できるだけ争いは避《さ》けたい。

以前オレは、無益《むえき》な争いを避けようと思い、恥《はじ》を忍《しの》んで人差し指で鼻先を押《お》し上《あ》げてブタ顔になり、思い切りの変顔で後藤を笑わせようとしたんやけど、これが逆効果《ぎゃくこうか》で、たちまち後藤が、「馬鹿《ばか》にしてんのかあ！」と大声を出して、オレを追いかけてきた。その時は人数的にオレたちのほうがかなり不利やったこともあって、速攻《そっこう》で逃《に》げた。

土矢小学校区の安全な公園で一休みしながら菱田は、「あほか。あんなんしたら後藤が怒《おこ》るのは当たり前やろが」とオレを責《せ》めた。オレは、自分の行動というか、作戦の趣旨《しゅし》を菱田と小谷に説明したけど、残念ながら賛同《さんどう》は得られなかった。

まあ、そんな感じやから、なんぼオレが健康志向《しこう》で、新しい家から土矢小学校までウォーキングで登下校しようと思っても、それは危険《きけん》なのやった。


二学期に入って、本格的《ほんかくてき》なバス通学が始まった。早起きはしんどかったけど、さっきも言ったように、オレはご機嫌《きげん》でこの新しい環境《かんきょう》を楽しんだ。

バスからの眺《なが》めは見ているだけで楽しかった。それまでのオレはバスに乗ることはめったになかったし、停留所《ていりゅうじょ》のたびにバスが止まってお客さんが乗《の》り降《お》りするのもおもしろかった。

いちいちランドセルを下ろすのは面倒《めんどう》やから、背負《せお》ったまま座席《ざせき》に座《すわ》る。するとオレにとっては座り心地《ごこち》がちょうどええのや。バスの座席は学校のイスと違《ちが》って、オレみたいな小学生やなくて大人用にできているのやと、毎日通っているとわかってくる。

バスに乗っているのは大人のほうが多いから最初オレは緊張《きんちょう》した。朝の大人は機嫌が悪そうな顔をしている。きっと、会社に行きたくないのやなとか考えながら毎日乗った。

ランドセルを背負《せお》ったまま座《すわ》るのは気持ちええけど、年寄《としよ》りがやってきたらオレは席をゆずる。そしたら、「いい子やね」とか、「おおきにな」とか感謝《かんしゃ》されて気持ちがええ。これはバス通学にならなかったら経験《けいけん》できなかった気持ちよさかもしれん。もっともときどき、席をゆずられるのを断《ことわ》る年寄りもいる。母親にその話をしたら、「それはテツオから見たらお年寄りやけど、ご本人にしたらまだお年寄りやないからやと思うで」と笑われたけど、どっちにしたってオレより年寄りなのは確《たし》かなんやから、素直《すなお》に座ったらええとオレは思うけどな。

けど、大人ばっかりの中でランドセルを背負って、揺《ゆ》れるバスの中で立っているオレを助けてくれる大人も結構《けっこう》いた。まだつり革《かわ》に手が届《とど》かないオレが転ばないように座席《ざせき》の手すりを握《にぎ》らせてくれたり、体を支《ささ》えてくれたりな。急ブレーキが掛《か》かった時、肩《かた》を抱《だ》いてくれたおばちゃんを一瞬《いっしゅん》、痴漢《ちかん》かと思ってしまったオレの根性《こんじょう》は、大いに反省しないといけない。

好調なリセット人生のはずだった二学期も、十二月に入ったある土曜日、親子三人でそろって晩《ばん》ご飯《はん》を食べ終え、汚《よご》れた食器を洗《あら》うのはまあ、明日でもええかと、みんなの意見が一致《いっち》し、お茶をすすっていると母親が妙《みょう》なことを言い出した。

「テツオのバス通学もあと三か月とちょっとやな」

え？　んなことないやろ。中学かてオレはバス通学や。あ、そうか、自転車通学に変わるわけやな。そうすると自転車も新しいのを買ってくれるということやろうか？　入学祝いかな。けど通学に必要なものを入学祝いに買うのはいかがなものか？　それはどうしても必要なものやから、入学祝いは、やっぱり別会計と違《ちが》うかな？　オレ、あつかましいか？

せっかくオレがいろいろと、想像《そうぞう》の翼《つばさ》を広げて考えているのに、待てない女である母親が続けた。

「その顔は、ひょっとして、いやたぶん、いやいやおそらく、わかってないに違いないから念のために言うとくの」

「おかあちゃん、オレのこと、馬鹿《ばか》にしてる？」

「してへんけど、念のためにや。ええか、あんたが行く中学は土矢中やなくて、瀬谷中やからな」

あれ、この人はいったい何をアホなことを述《の》べているのだろう？　大丈夫《だいじょうぶ》か、おかあちゃん。共稼《ともかせ》ぎでも三十年間、ローンを払《はら》い続《つづ》けなければならない現実《げんじつ》が重くのしかかって精神的《せいしんてき》に追《お》い詰《つ》められ、ついにわけのわからないことを口に出すようになったのか。オレはそんな母親を、父親と二人で支《ささ》えていくのやな。覚悟《かくご》せなあかん。

オレはおそるおそる返事をした。

「何を言うてんの、おかあちゃん。土矢小学校生は土矢中学校に行くって決まってるやんか」

それを聞いて、母親はテーブル越《ご》しに伸《の》ばした手でオレの手を強く握《にぎ》った。

や、やっぱり、母親はおかしい。大丈夫《だいじょうぶ》やからな。愛情《あいじょう》が続く限《かぎ》り、オレはかあちゃんの面倒《めんどう》を見る。

「そや。土矢小学校生はな。けど、テツオは引《ひ》っ越《こ》しをしたやろ。本来は瀬谷小学校に転校するけど、あともう少しで卒業やから土矢にそのまま通った。ここまでは、前にも説明したし、理解《りかい》できてるな」

オレはうなずいた。

「しかし、この瀬谷小学校や、隣《となり》の南谷小学校の子が進学する公立中学は、土矢中学校やなく瀬谷中学校や」

オレの頭は最初混乱《こんらん》したが、やがて物事の整理がついてきて、その恐《おそ》ろしい現実《げんじつ》が目の前にはっきりと現《あらわ》れてきた。世界が崩壊《ほうかい》していく……。

オレの人生はリセットされたのやなく、路線変更《へんこう》になっていたのや。

「そんなん、あかん。あかんてや」

オレは子犬の瞳《ひとみ》になって、夕刊《ゆうかん》を読んでいる父親を見つめ、訴《うった》えた。

父親は新聞から顔を上げ、オレの視線《しせん》をしっかりと受け止め、

「風呂《ふろ》、入るわ」と立ち上がった。

父親の大きな背中《せなか》を見送りながら、男は父親の背中を見ながら育つって誰《だれ》かが言うてたなと思った。オレはこの背中を見て育つんやな。

「そしたら、みんなとは別の中学に行くということか」

「そうや。理解《りかい》が早いな、テツオ」

母親はしっかりとオレの目を見て言った。

「なんで引《ひ》っ越《こ》しをしたんや」

オレの頭が母親の平手で叩《たた》かれた。それはしかたがない。オレかて、むちゃくちゃ言うてることぐらいわかっていた。引っ越しはオレもうれしかったし、新しいピカピカの家はウキウキやし、自分の部屋がフローリングなのも気に入っている。

でも、整理のつかない気持ちってもんもあるんや。それはやなあ……。

「遠くに引っ越ししなかっただけでもましやとあきらめ。ここやったら、菱田くんらともすぐに会えるやろ。東京とか、パリとか、ソフィアやったら、もう完全にお別れやってんで」

ソフィアがどこかは知らなかったから、一瞬《いっしゅん》オレは、そうやなソフィアよりはましやなあと納得《なっとく》しかけた。

「引っ越しするんやったら、土矢小学校の学区内にしたら良かったやんか」

「それがそうもいかん事情《じじょう》があったんや」

「事情って？」

「あんな。家を買おうと決めるまで、私《わたし》らも知らなかったけどな。土矢小学校の学区と瀬谷小学校の学区では、同じ広さの家でも、値段《ねだん》が違《ちが》うのや」

「なんでや」

「土矢は明治《めいじ》時代からある、ここいらでは一番古い小学校や。せやからステータスが高いことになってる。簡単《かんたん》に言うと、土矢小学校の学区は土地の値段がこの辺りより高い。せやからおとうさんとおかあさんの稼《かせ》ぎでは、欲《ほ》しい広さの家は買えなかった。あの辺りはマンションもないしな。私らが欲しい家と、買える家が一致《いっち》したのがこの地域《ちいき》やった」

母親の説明は、悲しいくらいに理解可能《りかいかのう》やった。それでも、なるべく土矢小学校の近くに引《ひ》っ越《こ》しをしてくれたのや。

「ええか、テツオ。アホくさいけど、それが現実《げんじつ》や。偽《いつわ》らぬ真実や」

オレは、

「そやな、おかあちゃん。オレが間違ってたわ」と、精一杯《せいいっぱい》の笑顔《えがお》を浮《う》かべて自分の部屋に戻《もど》った。オレにはどうしようもないし、両親にもどうしようもない。それが現実で、これがオレの運命やと言い聞かせて。

ベッドに仰向《あおむ》けになって、気持ちを落ち着けるために鼻くそをほじくりながら考えた。

東京やパリやソフィアとかやったら、菱田らとは確実《かくじつ》に会えなくなる。そしたら、ごっつう悲しかったやろう。もしスマートフォンを買ってもらえたとしても、メールだけで友情《ゆうじょう》が続くほど世の中は甘《あま》くない。最初はうれしがって、「友情は不滅《ふめつ》やぞ」とか言い合うけど、だんだん話題がなくなってきて、メールもだんだんしなくなっていく。そんなことは、この歳《とし》になったら想像《そうぞう》がつく。

けど、東京やパリやソフィアとかやったら、付き合いがなくなっていくとしても、敵同士《てきどうし》にはならずに済《す》んだ。

南谷小学校の連中が入る瀬谷中学校は、オレが入学するはずやった土矢中学校とは、土矢小と南谷小以上に対立している。ライバル中学という話や。

東京や、パリや、ソフィアと違《ちが》って、隣《となり》の中学へ行くのは、土矢小から瀬谷中に行くのは、菱田たちと別れて、オレ一人が、敵方《てきがた》に入るということなんや。

これは相当絶望的《ぜつぼうてき》やないか？

幸い次の日が日曜日やったから、気持ちは少しだけ落ち着いてきて、この運命に立ち向かうのをオレはあきらめた。けど、菱田たちにどう話したらええのやろうか？

月曜日、土矢二丁目のバス停に降《お》りたオレは、いつものように「お迎《むか》え、ご苦労」と言って、約束どおり菱田たちにくすぐられて、できるだけあほみたいな顔をして笑った。

瀬谷中に行くことをオレは告白できなかった。二人の反応《はんのう》が怖《こわ》かった。せやから、いつもよりもっとはしゃいで、笑って、アホなことをした一日やった。

帰りのバスでオレは初めてランドセルを背中《せなか》から下ろして膝《ひざ》にのせて席に座《すわ》り、当たり前のことを考えていた。瀬谷中へ行くのが避《さ》けられない事実やったら、いつまでも隠《かく》しておかんと、できるだけ早く伝えておいたほうがいい。けど、そんなことはわかっているけど、勇気っていうのは、簡単《かんたん》に出てはこないのやなあって。

座《すわ》り心地《ごこち》は、やっぱりランドセルを背負ったままのほうが良かった。背中が背もたれに届《とど》かなくて、体がゆらゆらした。

オレ、まだ子どもや。

オレはまるまる一週間、菱田たちに告白することもなく、同じパターンではしゃいで過《す》ごした。それはそれで楽しかったけど、だんだんおしりがモゴモゴしてきた。

そや！　告白すると思うから緊張《きんちょう》するんや。告白やなく、友達に相談すると思ったらええのや。

オレは、菱田たちに言うぞと決心して学校に向かった。

するとその朝、担任《たんにん》の原田勝《はらだまさる》が、

「前にも言うておいたけど、忘《わす》れているもんもいるやろうから再確認《さいかくにん》しておく。明日、土矢中学校から先生が来られて出前説明会で、みんなが四月から行く中学校について話してくださる。失礼のないように、静かに聞くんやぞ」と言った。

「原田ともいよいよお別れで、残念やなあ」と小谷がニコニコと笑って、

「これでぼくも心配事が一つ減《へ》ってゆっくり寝《ね》られるな。でも小谷の悪さがなくなると思うと、さみしいかな」と原田が返した。そしたら小谷が本気で照れて頭をかいたので、オレはちょっと驚《おどろ》いた。

それからあとは、中学校から先生がやってくることでクラスが盛《も》り上《あ》がってしまって、オレは菱田たちに告白をしそこねた。

そして次の日、土矢中学校の先生の話が講堂《こうどう》であった。

オレは、中学校の男の先生は小学校の先生より怖《こわ》くて、女の先生はきれいで優《やさ》しいと勝手にイメージしていた。けど、やってきた土矢中の女の先生、八島乙葉《やじまおとは》は小学校の先生より怖かった。

「中学生になれば、家での勉強時間は最低でも学年＋《プラス》一時間はしないといけませんよ」と言われて、オレは一瞬《いっしゅん》、六年生やから、六時間＋一時間かと勘違《かんちが》いした。七時間も勉強せなあかんのか。それだと寝《ね》る時間もないぞとうろたえ、あ、中学一年になるのやから、一時間＋一時間で二時間かとほっとし、そのあとすぐに、「最低二時間やてぇ！」とうんざりした。試験は中間試験と学期末試験の二回と、抜《ぬ》き打《う》ち試験がある。乱《みだ》れた服装《ふくそう》には、厳《きび》しい指導《しどう》が入る。なんや、この八島乙葉は脅《おど》しにきたんか！

他にもいろいろ、言うてたけど、オレはもうちゃんと聞いていなかった。

これは土矢中だけの話や。オレは瀬谷中に行くのやから、こんな話は全然関係ないのや。瀬谷中はそんなに厳しくないのやと言い聞かせた。けど、それやと、オレ一人、いや本当は私立《しりつ》中学を目指している連中もそうなのかもしれないけど、でも気持ち的にはやっぱり、オレ一人が部外者やって気がして、さみしかった。

出前説明会が終わったあと、小谷が「オレ、中学進学やめるしな」と言った。

「そうもいかんやろ。でも、あれはきっとわざとおおげさに話したんだと思う」と菱田が余裕《よゆう》で笑った。

「そうか、なるほどなあ。入学前に思い切りびびらしといたら、入ってから、あ、中学って聞いていたより楽なところやなと、オレたちが感じるようになるという作戦か」と小谷が勝手な解釈《かいしゃく》をした。

ここが告白の、いや相談のチャンスやなとオレは決めた。

「二人に、ちょっと話がある」

そう言ってオレは背中《せなか》を向け、講堂《こうどう》の裏《うら》にある花壇《かだん》へと歩き出した。数歩歩いてから振《ふ》り返《かえ》ると、二人はオレの言葉を聞いてなかったみたいで、笑いながらさっきの話の続きをしている。ええ、友達や。

「お〜い、ちょっと」

ようやく二人はオレの後ろを付いてきた。


講堂の裏手にある花壇の辺りは、普段《ふだん》から園芸部の連中くらいしか来ないところや。オレは、「かりん」という札が下げられた木の幹《みき》に背中《せなか》を預《あず》けた。

「小谷、菱田。実は言わなあかんことがある。かんにんしてな。オレが悪いのと違《ちが》うけど、親が悪いんでもない。これはたまたまの運命やから」

二人の顔を次々としっかりと見て、とはいかなくて、オレは下を向いて話していた。

「テツオ、テツオ。お前が今何を話しているか、オレには見えない。ひょっとしたらお前も見えてない?」

菱田がそう言った。

「成田《なりた》のやつ、八島乙葉の話に、絶望《ぜつぼう》したのと違うか？」

小谷が心配そうに菱田に訊《き》いている。

「それはあるな。テツオは結構《けっこう》小心者やし」

お～い。訊くのやったら、オレに訊けよ、オレに。なぜ、二人してオレを無視《むし》する。オレって、そんなに存在感《そんざいかん》ないんか？

オレは大きく息を吸《す》い込《こ》んでから、一気に言った。

「あのな、オレ、土矢中へは行かへん、いや、行かれへん」

「あ、成田、私立《しりつ》中学進学か。新しい家買った勢《いきお》いで、成田の両親、勘違《かんちが》いしてお前を私立中学に進学できる学力があると思い込んだ。それは心配せんでええ。今から努力しても絶対《ぜったい》に受かることはない。君はぼくと一緒《いっしょ》に土矢中生になるんだよ、成田くん。あれ？　こんだけ言うても、成田に笑顔《えがお》が戻《もど》らないな。菱田、どう思う」

「テツオ、説明しろや。せやないと小谷が、どんどん妄想《もうそう》を広げていってしまう」

それで、オレは、中学は土矢やなくて瀬谷に進学せなあかん理由を説明した。

「そんな大事なことがあるのに、どこに家を買うか、成田の親はお前に相談してくれなかったんか」

「せやから、経済的理由《けいざいてき》でしょうがなかったんやて。けど、あんまり離《はな》れないように、わざわざ隣《となり》の学区辺りにしてくれたんや。小学校を転校しなくていいようにな。オレの親としてはいろいろ考えたつもりなんやて、こったん」

「成田、なんでお前は親の肩《かた》を持つのや。悩《なや》んでるのやろ。悲しいのやろ」

「親は親やもん」

「そうか、けど、成田の親はオレの親やないからな、オレは腹《はら》を立てるぞ」

「小谷、話がずれてしまってる。オレはテツオの言うのが正しいように思う。家を買うのはテツオやなくて親やからな。東京でもパリでもクアラルンプールでも、子どもは文句《もんく》を言われへんよ」

「ひっしゃん、お前すごい」

「何が」

「たとえた場所。オレの母親も東京やパリって言っていた。三つのうち二つも当たりや」

「もう一つは?」

「ソフィアたらいうとこ」

「ああ、ブルガリアの首都ね」

「クアラルンプールは?」と、ついでに訊《き》いてみた。

「マレーシアの首都」

「そうか。ひっしゃんといると、いろいろ勉強になる。なあ、こったん」

オレが顔を向けると小谷がにらんだ。

「お前らも話がずれてるぞ。ブルガリアの首都がどこにあろうと成田、お前が敵方《てきがた》に寝返《ねがえ》る事実は変わらないのやぞ」

グサッ。

「小谷、これはテツオの意志《いし》で決めたことやないから、寝返ったと言うのは、いくらなんでもかわいそうやろ。寝返ったのやなくて、テツオはスパイに行くと考えたらどうや」

寝返りの次は、スパイかあ。オレってなんかすごいやつに思えてきた。

「なるほどなあ。それやったら、成田。瀬谷中に行ったら、いろいろ情報《じょうほう》流してくれよ」

「それは無理やと思う」

「なんでや」

「そうしたら、オレは瀬谷中の仲間を裏切《うらぎ》ることになる」

「ってことはやっぱり寝返ったのかい」

「小谷、スパイって言ったのは冗談《じょうだん》やから、本気にせんといて。テツオの立場に立って考えてみいや。知り合いが誰《だれ》もいない中学に行くのやで。転校やったら、途中《とちゅう》からやし、迎《むか》えるほうも、まあしゃあないかと思えるけど、テツオの場合は入学式から転校生や。他の連中はめでたい新入生やのに、テツオは転校生。な、きついやろ。小谷は耐《た》えられるか。少なくともオレは耐えられれん」

菱田はかばってくれているのか、なぐさめてくれているのかわからんけど、その言葉、一つ一つがオレの心に突《つ》き刺《さ》さった。

「せやけど、テツオは、自ら選んだ道やないとはいえ、その困難《こんなん》な人生に立ち向かおうとしている。テツオはオレやお前より、ずっとずっと、勇気のある、英雄《えいゆう》なんや」

今度は英雄になってしもうた。もうちょっと待ってたら、神になれるかもしれんな。

二人のおかげで、自分の境遇《きょうぐう》が何やらおもろくなってきた。

小谷はオレの顔をじっと見て言った。

「菱田、いくらなんでも、英雄は嘘《うそ》や。かわいそうなのはわかったけど」

神への昇級《しょうきゅう》はなかった。

「お前ら、南谷小の生徒はどっちの中学に行くか知ってるか?」

オレは二人に訊《き》いてみた。

小谷は「どうやろ」と首をかしげたけど、菱田はあっさり事実を言った。

「瀬谷中や。だから、テツオがどこか知らないところから来た転校生やなく、土矢から来たことは、すぐみんなにばれてしまう。後藤もいるしな」

「え〜〜〜〜！　それ大変やん。成田、一人で後藤とやり合えるか？　オレは無理やと思うなあ。わかった。もうええ。成田、お前はすぐに後藤に寝返《ねがえ》れ。オレは許《ゆる》すから」

小谷が、木の幹《みき》にもたれているオレの肩《かた》をガシッとつかんで揺《ゆ》すった。後頭部が幹に何度も激突《げきとつ》した。

「痛《いた》いやろうが」

「痛がっている場合か成田！」

「場合かって、こったんがオレの頭を木にぶつけているのや」

やっと気づいた小谷がオレの肩から手を離《はな》した。

オレは、大きく息を吸《す》ってから、

「そういうことや」と言った。

それから奥歯《おくば》をかみしめたけど、それで瀬谷中へ行く勇気が出るってことはなかった。

「どうすんねん、成田」

小谷が今度は両手でオレの右手を握《にぎ》った。しかたがないからオレも左手をそこに重ねた。

重ねてみたら、友情《ゆうじょう》が小谷の手からオレの手に流れてくる気がしてうれしかった。

菱田も、オレたちの手に、自分の手を重ねた。

ちょっとだけ勇気がわいてきた。

☆

「みんな、卒業式までのカウントダウンをしないか？　朝に毎日一人ずつ、この六年間の思い出を何か語って、そのあと、卒業まではあと何日です。一日一日を大切にしましょう。と言って、だんだん盛《も》り上《あ》げていく。どう思う？」

二月一日。担任《たんにん》の原田勝がそう言った。

「どう思う？」って問いかけているけど、原田の中ではもう、そのイメージができあがっているのは、二年間も原田と付き合ってきたオレらはみんなわかっている。

担任の原田が独裁者《どくさいしゃ》やというのやない。原田は情熱的《じょうねつてき》に先生をやっていて、みんなのために一生懸命《いっしょうけんめい》考えてくれているのは間違《まちが》いない。せやから、クラスのほとんどは、原田のそんな気持ちを裏切《うらぎ》ったら悪いな、原田のがっかりした顔を見たくないなと思って、逆《さか》らえないのや。

原田には気持ちよく仕事をしてほしい。それがみんなの気持ちや。

せやから、委員長の菱田が決《けっ》を採《と》ると、カウントダウンなどしたくないオレも賛成《さんせい》に手を上げた。もちろん全員賛成やった。

あれ？　ということはひょっとして、これは相当考《かんが》え抜《ぬ》かれた、原田によるオレらの操縦《そうじゅう》方法なのかもしれないな。

ニコッとした原田は、

「よし、みんなの気持ちはよくわかった。やろう！　始めるのは二月十四日からや」と拳《こぶし》を天井《てんじょう》に向かって突《つ》き出《だ》した。

え、バレンタインデーから始めるのか？

ひょっとして情熱家《じょうねつか》の原田は、二月十四日にオレたち全員に愛の告白をさせてから、卒業式までの日々を充実《じゅうじつ》させようということを考えているのか？　いくらなんでもそれはやりすぎやろう。

しかしオレの勘違《かんちが》いで、卒業式のある三月十八日までの登校日数を六年二組の生徒数で逆算《ぎゃくさん》したら、二月十四日からとなっただけやった。

黒板に人数分の縦線《たてせん》を書いた原田は、どの日に誰《だれ》が話すかをあみだくじで決めさせた。

オレにとってそのカウントダウンは、要するにみんなと別の中学校へ行くカウントダウンでもあるわけで、盛《も》り上《あ》がるはずはない。でも、そう考えたら落《お》ち込《こ》むばっかりやから、オレは積極的にあみだくじに参加して、はしゃいだ。無理やり気持ちを盛り上げるのや。

最初の日に当たったのは須田《すだ》ソラミ。

「今日は小学校最後のバレンタインの日だから忙《いそが》しくて、当たりたくなかったけど、当たってしもうたのはしかたないから、バレンタインの思い出を語ります」と、去年好きだった男子、一昨年好きだった男子などを公表した。これは、女子にめちゃくちゃ受けた。

それを聞きながらオレは、そうか今日は小学校最後のバレンタインデーなんやなあと改めて思い、なんだか少しさみしくなった。といっても、これまでも、そして今日も、オレにとってバレンタインデーはまったく関係のない行事やった。去年、この須田が十五日に小さなチョコレートを机《つくえ》の上に置いてくれたけど、その時の言葉が「余《あま》ったし、あげるわ」やった。怒《おこ》っても良かったんやろうけど、余りものでも女子からチョコレートをもらうのは初めてやったし、チョコレートは好きやったし、「ありがとう」って頭を下げて受け取ったオレがいた。

須田から始まったカウントダウンは、どんどん進んでいった。

谷津《たにつ》ショウヘイの「運動会でのクラス優勝《ゆうしょう》」は、三年生の時の話。当時オレと谷津とは別のクラスやったから、谷津のクラスは優勝して、オレのクラスは負けたのや。それを自慢《じまん》されても困《こま》る。けど、突《つ》っ込《こ》みを入れる元気もないオレがいた。

古奈《こな》コトコの「東京に転校した私《わたし》の親友、友部《ともべ》スズカ」の話は、そうかメールがあれば、友《ゆう》情《じょう》は続くのかと、少しオレを安心させてくれた。と同時に、それは東京ほど遠くに離《はな》れていたからこそかもしれないとも思った。チャリンコかバスでやってこられる距離《きょり》で、わざわざメールして友情を確《たし》かめ合《あ》うのはかえって冷たい感じがしないでもない。とやっぱりメールはアカンなと首を振《ふ》るオレがいた。

立木《たちき》サラの「私が好きだった担任《たんにん》の先生」の話は、三、四年を受け持った刈谷茂《かりやしげる》についてだった。オレも同じクラスやった。

今の担任である原田は、「そういう時は、ぼくの話をしてくださいよ、立木さん」と言いながらニコニコ笑っていた。

原田は偉《えら》いなあ。オレだと確実《かくじつ》に落《お》ち込《こ》む。

立木の話を聞きながら、確かに刈谷は張《は》り切《き》らない、ゆっくりとしたペースの担任で、情《じょう》熱的《ねってき》すぎる原田より好みだったなと、非常《ひじょう》に納得《なっとく》しながら、幸せやった日々をしみじみと振《ふ》り返《かえ》るオレがいた。

あとはだいたい、修学《しゅうがく》旅行、運動会、発表会、部活などの無難《ぶなん》な思い出が語られた。実はオレも、修学旅行で菱田と一緒《いっしょ》に夜中に抜《ぬ》け出《だ》して、コンビニで買い食いした話をした。あれはまあ、今だから話せる告白だから、結構《けっこう》ウケたけど。盛《も》り上《あ》がっていないオレがいた。

そうして「卒業まであと◯日。一日一日を大切に過《す》ごしていきましょう」と最後に言って終わるカウントダウンは、オレのさみしさとはまったく関係なく進んでいった。

その間オレは、自分が瀬谷中に行くことを、二人の他には誰《だれ》にも話さなかった。菱田も小谷も誰にも言わなかった。ついでに言うと、そのことに誰も気づいてくれなかった。

オレが、瀬谷中行きを、もう逃《のが》れられへんのやと観念したのは、二月最後の金曜日、晩《ばん》ご飯《はん》を食べ終え、「ごちそうさんです」と手を合わせた母親が、顔をオレに向けて、「テツオ、明日、サイスンに行くしな」と告げた時やった。

サイスン？　さんすう？　なんのこと？

「瀬谷中学校の制服《せいふく》のサイズを測《はか》りに行くのや」

「制服って、土矢と瀬谷で違《ちが》うのか？」

「そら違うわな。土矢はジャケットで、瀬谷は確《たし》か詰《つ》め襟《えり》や」

そらそうや。そらそうやな。違わんと、どこの中学生かわからないもんな。菱田や小谷は土矢中で、オレは瀬谷中。四月からは、一緒《いっしょ》に遊びに行くとしても、あいつらとオレは違う制服を着ているのや。休みの日は普段着《ふだんぎ》でえぇのかな？　どうなんやろう？

オレの目の前に現実《げんじつ》が迫《せま》ってきた。

「それと体操服《たいそうふく》も名前入れてもらわないといかんようやし。中学生を一人作るのは面倒臭《めんどうくさ》いな。どう思う、テツオ」

「どう思うって、オレは中学生になりたくないけど、なってしまうから、しかたがないやん」

「そうやな。しかたないな。私《わたし》は、いつまでも子どもでいてほしいけど、そういうわけにもいかんから、しかたないな」

母親が、しんみりとしたので、オレはびびった。ここは、オレの頭に平手が炸裂《さくれつ》する場面やろうが。

「それに、大きくなればなるほど、お金も掛《か》かってくる。つまり、かわいくなくなればなくなるほど、だんだん出費が増《ふ》えてくるのは、なんや割《わり》にあわない気がするなあ。百円でおいしいまんじゅうを食べていたのに、二百円でまずいまんじゅうを食べなあかんようになった気分や。それはうれしいことか、悲しいことかは微妙《びみょう》や。どう思う、テツオ」

「そ、それは、オレはまだ、子どもを持ったことがないから、どう思うと言われても、困《こま》る」

「そうやな。困るな。あんたに尋《たず》ねることやなかったな。わかった。親になったおとうさんと私がみんな悪いんや。あきらめる」

あのう。オレ、今の母親、めっちゃ怖《こわ》いんですけど。

そんな感じで背筋《せすじ》に冷たいものが走った。母親が、「そしたら明日、採寸《さいすん》に行くしな」と笑って、オレに手を伸《の》ばしてきた時は、逃《に》げようと思ったけどイスから立てなかった。けど、母親はオレの頭をなでただけやった。

　親というものは、よくわからない生き物や。

　高橋洋装店《たかはしようそうてん》という名の制服《せいふく》指定店に母親と入った時、黒いカーディガンを着て、首からメジャーをぶら下げた丸めがねのおっさんが、「お待ちしていました。成田さんですね」と言った。きっとこの人が高橋さんや。

　オレは待ってもらった覚えはない。そうか、母親が予約を入れていたのか。考えたらオレ、予約をして店の人から迎《むか》えられるってケースは、生まれて初めてと違《ちが》うやろうか？　ちょっとうれしい。

　三列あるフィッティングルームの一番手前に入ると、

「服を脱《ぬ》ぎ」と母親が言った。

　？

「せやから、カッターシャツの採寸《さいすん》をまずするの」

　そんなことは考えていなかったオレは、セーターを脱いでスヌーピーが描《えが》かれたシャツ一枚《まい》になった。

　高橋さんが首からメジャーを外してまっすぐ伸《の》ばし、オレの体を測《はか》っていった。肩幅《かたはば》、首回り、背中《せなか》の首から腰《こし》まで、お腹回《なかまわ》り……。くすぐったいけど、オレはがまんした。

「男の子はこれからどんどん大きくなるからねえ。今の体のサイズより大きいほうがええやろねえ」と母親が言って、

「そうですね。女の子だと、小学生でわりと伸びますが、男の子はこれからですからね」と、高橋さんが返事をした。

いつのまにかオレは、テツオではなく「男の子」という一般形《いっぱんけい》になっていた。そうか、オレは、これから大きくなる「男の子」やねんなと思うと、体がびしっとなった。

その時、

「あ、シロタさん。お〜い、シロタさんが見えたぞ」と高橋さんが店の奥《おく》に声を掛《か》けて、出てきたおばちゃん。きっと高橋さんの奥さんが、オレの前を通りすぎて、

「はい、シロタさん。お待ちしていました」と言った。

「よろしくお願いします。アンリ、ほらこっちに来て」と、別のおばちゃんの声がした。それからその人、つまり、たぶんシロタさんがオレを無視《むし》して前を通りすぎ、そのあとから女子、おそらくアンリが続いて、オレの前で一瞬《いっしゅん》立ち止まり、スヌーピーのシャツ一枚《まい》で採寸《さいすん》してもらっている姿《すがた》をガン見して消えた。

オレは急に自分が情《なさ》けなくなってきて、これから大きくなる「男の子」の「びしっ」が、し

ぼんでいくのがわかった。

「女の子やし、もっと早くに来ても良かったのに、この子がなかなか来たがらなくて。こんなお忙《いそが》しい時期にすみませんね」とシロタさんの声がした。

高橋さんとオレの母親が、男の子はこれから大きくなるって話していたのをシロタさんが聞いていたはずはないのに、さっきの話からつながっているのがすごいと、オレは感心した。そして、この話題は、制服《せいふく》指定店での定番なのやろうと思った。

「いえ、いえ」と、たぶん高橋さんの奥《おく》さん。

「なんや知らん、制服は嫌《きら》いやとか言うて」とシロタさん。

「そうなんですか。瀬谷中学校の標準服《ひょうじゅんふく》、かわいいやん。近頃《ちかごろ》の中学は、ジャケットのところが増《ふ》えてきたけど、やっぱり女の子はセーラー服がええねえ。そう思うよ、アンリちゃん」と高橋奥さん。

オレは入り口のブースに入っているし、カーテンでも仕切られているから、奥の様子は見えない。

見えないから余計《よけい》に会話が気になる。

「そうそう、私《わたし》もそう思いますよ。うちは男の子やからあれやけど、女の子がいたらセーラー服姿《ふくすがた》が絶対《ぜったい》にかわいいやろうなあと、思いますもん」と、オレの制服を採寸《さいすん》しに来たはずの母親がカーテンに手を掛《か》けて、向こうの会話に参加した。

いつのまにかオレは、「男の子」から、「あれ」になっていた。

さすがに高橋さんは、参加せず、オレの体を測《はか》っていく。

ありがたいことや。

オレはフィッティングルームに入ったまま、脚《あし》の長さを測ってもらう。

「そうですよねえ。私も、自分がセーラー着ていた頃《ころ》がなつかしい」とシロタさん。

「奥さん、さぞかわいかったでしょうね。お嬢《じょう》さん見たらわかりますわ」

オレの母親、なんで初めて会ったシロタさんにヨイショをかましてるねん。

「いややわあ。そういう奥《おく》さんも、なかなかの美人さんやったと思いますえ」

「そんな、もう。とにかく女の子は先が楽しみ。それに比《くら》べて男の子はつまらん」

「あれ」から「つまらん」に変化したオレ。

「制服《せいふく》、採寸《さいすん》しに来たんやろ。早く終わろう」

高橋さんがオレの腰《こし》の高さを測っている時、女の子の声が聞こえた。シロタアンリや。なぜかオレはドキリとして、腰を動かしてしまう。

せやかて、アンリはオレと同じ中学校の生徒になるのや。

さっき見たアンリの顔をオレは思《おも》い浮《う》かべた。髪《かみ》の毛《け》はたぶん後ろでまとめてるのやろう、おでこが大きかった。眉毛《まゆげ》が太くて濃《こ》かった。目尻《めじり》がちょこっと上がっていた。唇《くちびる》の左上に小さなホクロがあった。あ、あれはこっちから見て左で、アンリの顔にとっては右やな。かわいいというより、忘《わす》れにくい顔や。

高橋さんはそんなオレを気にせずに、測《はか》り直《なお》してくれる。それから、カーテンの向こう側に、

「アンリさん、制服《せいふく》やなくて標準服《ひょうじゅんふく》って言うんやよ。どうしても着る必要があるわけではない」

と笑った。

「そうなん！」

アンリの声が高くなる。

高橋さんも向こうの会話に加わって、ついにオレ一人やな。あとどこを採寸《さいすん》したらええのかな。自分で測ろうかな。

「あんた、余計《よけい》なこと言わんでよろしい」と高橋奥《おく》さんの声。

「でもな、周りはみんな標準服を着ているところへ私服《しふく》で行くとな、目立つやろ。あの子、なんやのん？　って思う子も出てくるやろ。そしたら、孤立《こりつ》していじめとかあるかもしれない。だから、孤立する勇気がなかったら、標準服にしといたほうがいいよ。アンリさん」

げ、高橋さん、結構《けっこう》怖《こわ》い人や。

「そんな言い方って。シロタさんもアンリちゃんも、すんませんねえ」

「わかった、おっちゃん」

アンリの、怒《おこ》ったような声がした。さっきと違《ちが》って、低い声や。会話に参加させてもらっていないオレは、アンリがどんな表情《ひょうじょう》をしているかを想像《そうぞう》した
「そしたら、採寸《さいすん》しようねえ、アンリちゃん」と高橋奥《おく》さん。

採寸と聞いてオレは、今さっきまでオレが高橋さんにされていたことを思《おも》い浮《う》かべ、それがアンリの体にもされることを想像し、ものすごく緊張《きんちょう》してきてしまった。

「あんた、何そこでフリーズしてるの」

母親がオレを正気に戻《もど》してくれた。

「成田さん。そしたらテツオくんの採寸終わりましたし、サイズ大きめでいいですね」

「そうしてください。まあ、これからどれだけ大きくなるかは、誰《だれ》にもわかりませんから、今後の大きくなり具合を、制服《せいふく》、あ、標準服《ひょうじゅんふく》の専門家《せんもんか》であるご主人さんの勘《かん》で見計らってください」

オレの今後は、高橋さんの勘に任《まか》されることになったわけや。

＊制服《せいふく》上下二万四千八百円、夏用ズボン八千八百円、夏用ワイシャツ二枚《まい》二千五百八十円、体《たい》操服半袖《そうふくはんそで》二千五百八十円、体操服ハーフパンツ二千八百九十円、体操服長袖五千五百円、上靴《うわぐつ》千三百五十円、体育館シューズ三千二百円。合計五万千七百円。

オレを中学生に変身させるために掛《か》かる費用やった。

母親がオレの目の前にレシートを突《つ》き出《だ》して、この金額《きんがく》を心に染《し》みこませたのだ。

親という仕事は大変なんや。オレ、親になる自信はゼロや。

こうしてオレの瀬谷中の制服、いや標準服《ひょうじゅんふく》の用意はできた。

☆

カウントダウンは順調に進んでいき、三月十六日は教室の大掃除《おおそうじ》やった。

この時も原田は、みんなを盛《も》り上《あ》げようと、壁《かべ》に貼《は》った行事予定表や、お知らせが書かれた模造紙《もぞうし》を全部、一気に外させた。

カウントダウンが徐々《じょじょ》に盛り上げる方法やとしたら、この壁をきれいにするのは一気に盛り上げる方法ってことやろうな。

君たちはもう、小学校とはさよならして中学生になるんやで。小学生の時の行事予定や、

「目標」や、「お知らせ」はもう終わりなんやで。

原田はたぶん、オレたちがその事実をいやでも受け入れるしかないってことを伝えたかったのやと思う。

それが原田なりのオレたちに対する愛情《あいじょう》と情熱なのはわかっているけど、みんながはしゃぎながら模造紙《もぞうし》をはがしているのを眺《なが》めながらオレは、「大事な行事予定の卒業式は、まだやで原田。もうはがしてもええのか？」とツッコミを入れたくなった。

原田、そんなに急がないでくれ。オレはもう少しゆっくり、土矢小学校での時間を過《す》ごしたい。ちょっとでも長く土矢小学校の生徒でいたい。せやかて、オレはもうすぐ、たった一人で敵地《てきち》に乗《の》り込《こ》むのや。土矢中に行くみんなの敵になってしまうのや。悲しいぞ。さみしいぞ。

家から持ってきた雑巾《ぞうきん》で机《つくえ》の脚《あし》を拭《ふ》きながら、模造紙が次から次へとはがされて、何もなくなっていく壁《かべ》を眺め、オレはまるで自分の六年間がむしり取られている気分になった。

おおげさに考えすぎやんかと、自分でもあきれたけど、嘘《うそ》やない。だって、ほんまにため息が出たもん。

もう何もなくなった教室の壁には四月から今の五年生が新しい六年生になって、彼《かれ》らの行事予定表などが貼《は》られていくのや。

なぜみんな、わいわいと騒《さわ》ぎながらうれしそうに、はがしていっているのやろう？

オレみたいな気分は、オレだけか？

そうやな。きっと、そうやな。

みんなは小学校生活をすっきり終えて、早く中学生になりたいんやろな。「もう小学生やない、中学生になるんや！」って張《は》り切《き》っているんやな。

オレは机《つくえ》の脚《あし》を丁寧《ていねい》に拭《ふ》いているふりをして、机の裏《うら》にボールペンで、「さいなら、土矢小学校。さいなら、みんな。成田鉄男《てつお》」と書いておいた。めちゃくちゃ力が入った。


そうして、卒業式の前日。最後の授業《じゅぎょう》があった。

オレは、算数も理科も国語も、もうこれで最後や、最後やと思って聞いていた。聞いていたからといって理解《りかい》していたわけではないけどな。

最後の給食は、「卒業祝い献立《こんだて》」で、デミグラスソースハンバーグと、ほたて貝の豆乳《とうにゅう》コーンスープと、かにサラダと、ちらし寿司《ずし》と、いちご。

「ごちそうや、ごちそうや！」と小谷は踊《おど》り出《だ》すし、「祝いと言っても、給食は結局、給食ね」と米沢《よねざわ》はいつものように文句《もんく》をつけていたけどうれしそうやった。けどオレは、小学校最後の給食やと思うと、祝う気にはなれなかった。

「成田、ハンバーグいらんのか？」と小谷が言うので、うなずくとオレをイスから押《お》しのけて自分が座《すわ》り、なめるように食べてしまった。

あのな、小谷。オレが、このオレが、ハンバーグを食べ残すのやぞ。それを心配せえへんのか？

ええけどな、小谷。来月にはオレは敵方《てきがた》やからな。

オレ、なんかヤな人になってきている気がする。

でも、給食のあと、講堂《こうどう》の裏手《うらて》にある花壇《かだん》の辺り、この前オレが告白した場所に、小谷がオレと菱田を連れていった。地面に差した木の札にマジックで「すみれ」と書いてあるところに咲《さ》いている花は、きっとすみれなんやろうなと、ぼんやり考えていたオレに小谷が言った。

「成田、短い時間しかないけど、三人でお別れ会や」

「なんや、急に」とオレが言ったら、小谷は赤いフェルトペンをポケットから取り出して、ニマーッと笑った。

「これで、三人の友情《ゆうじょう》を、土矢小学校に記録しておくのや」と言いながら、小谷は講堂の外《がい》壁《へき》のコンクリに、「仲間。小谷」と書いた。

「小谷、それ、やっぱりまずいのと違《ちが》うか？」と菱田は言ったけど、オレは自分も机《つくえ》の裏に書いたし、気にならなかった。それより、小谷の気持ちがうれしかった。

「ええねん。もう明日卒業や。ばれても逃《に》げ切《き》れる」と小谷が笑っている間にオレは、小谷の下に成田と書いた。すると菱田も黙《だま》って、その下に菱田と書いた。それから、もう一度小谷が、その下に永遠《えいえん》と書いて、全部の文字を丸く囲った。

「成田、スパイしてくれてもええし、敵《てき》になってもええしな。お前が一番安全なようにしたらええねん」

小谷にそんな言い方されたら、ますます怖《こわ》くなるやんかと思ったけど、オレは笑って、

「両方やるわ」と応《こた》えた。

それから三人で円陣《えんじん》を組んで、オー！　と大きく声をそろえた。

ごっつう気持ちがよくて、ごっつうさみしかった。


五時間目が終わり、いよいよ最後の授業《じゅぎょう》、社会や。

オレは、背中《せなか》を伸《の》ばして、絶対《ぜったい》に寝《ね》ないぞと決意した。

でも、原田は休み時間に入ったとたん「教室を移動《いどう》する」と言い出した。

「どこへ？」

「一階、一年生の教室や」

「え～！」

「なんでや？」

「私《わたし》らが一年生を教えるのか？」

「みんなして落第で、一年生になるのか？　無限《むげん》小学生ループか？」

オレたちの疑問《ぎもん》とツッコミを無視《むし》して、原田はさっさと教室を出ていった。

あわててオレたちもその後を追った。

原田はまるでオレたちを無視するように背中《せなか》を向けたまま廊下《ろうか》を歩いていった。

「お前ら遠足か？」とか、

「みんなで校長に怒《おこ》られるのか？」といった他のクラスからの問いかけを無視して、オレたちも続いた。

階段《かいだん》を下り、一階の廊下を進み、原田が足を止めたのは、一年二組の教室やった。

原田は扉《とびら》を開けてからやっとオレたちを振《ふ》り返《かえ》り、「入ろうか」と笑った。

みんな、どどっと入っていくのかと思ったら、オレも含《ふく》めて、あの小谷ですら、ゆっくりと進んだ。

もう授業《じゅぎょう》の終わっている一年生はいなくて静かや。オレは一年生の時に三組やったから、この教室のことはほとんど知らないけど、「わ、なつかしい、私の教室」と熊取《くまどり》が大きな声をあげた。オレが知っている熊取の声では、今までで一番大きかった。

「ほんまやなあ」

小谷は静かに言った。

「好きなところに座《すわ》ってええよ」と原田が言う前に、熊取や柴田《しばた》や柏木《かしわぎ》など、元一年二組の連中は、「ここが三学期の席や」「オレは一学期の席がええ」と座り始めた。

宮尾《みやお》の一学期のお気に入りの席と、玉田《たまだ》の二学期のお気に入りの席がかぶったが、じゃんけんで無事解決《かいけつ》した。いつもの二人ならもっともめるのにな。

元一年二組の連中が落ち着くのを待って、他のみんなも席に着いた。

オレは、なんだろ、よくわからないけど、オレはみんなに遅《おく》れてしまって、最後に残った、最前列中央左側の席に座った。コンサートやと一番ええ席やろうな。シネコンやと画面が近すぎて見にくいやろうな。

座ってみるとイスも机《つくえ》も低すぎる。めちゃくちゃ居心地《いごこち》が悪い。

「座り心地はどうや？」

オレの目の前で原田が教室を見回した。

「原田の顔を見ていると、何に座っていても居心地が悪い」と小谷がツッコミを入れたが、原田はそれには乗らないで、一年生の二学期に小谷が座っていた席に近づいた。オレは席から振《ふ》り返《かえ》って、それを見ていた。

原田は小谷の前で、しゃがみ込《こ》んでまるで一年生に話しかけるように、優《やさ》しい声で言った。

「そういうことや」

それから原田は立ち上がり、小谷の頭にそっと手を置いて、

「小谷くん。土矢小学校に入学おめでとう」と言った。原田の手の下で小谷が「卒業や、原田」と訂正《ていせい》したのにも乗らず、原田は手を離《はな》してから問いかけた。

「小谷くん、これからの六年間の小学校生活をどう過《す》ごしますか?」

小谷は一瞬《いっしゅん》、口を開けて「あ〜と」と声を出したけど、すぐに立ち直って、さっと立ち上がり、

「えっと。友達をいっぱい作って仲良くします。いっぱい遊びます。それから、先生の話をよく聞いて、いっぱい勉強もします」と答えた。

オレも含《ふく》めてみんなで爆笑《ばくしょう》したけど、すぐにそれは収《おさ》まった。

急にオレは、自分が土矢小学校に入学してからの、この六年間の思い出が、一つ一つ具体的にではなく、「思い出」みたいなもんが塊《かたまり》になって、ぐわ〜んと自分の中にわき上がってくるのを感じた。

うれしいような悲しいような、楽しいようなさみしいような、なんとも言えない温かい気持ち。

オレはそれをもっともっと味わいたいような、忘《わす》れてしまいたいような、よくわからない気

分になって、ちょっとだけ目をつぶった。

目を開けると原田は黒板の前に戻《もど》っていて、今度はオレに顔を向けた。

「成田くんは、これからの六年間の小学校生活をどう過《す》ごしますか?」

どう答えたらええのかわからなかったので、とにかくこう言った。

「大きくなります」

「そやな、大きくなろうな。そして成田は、六年間で本当に大きくなったよ」と言ってから、

「では、君たちの小学校最初の授業《じゅぎょう》を始めます」と原田は宣言《せんげん》した。

こうしてオレたちは一年生として鉛筆《えんぴつ》の持ち方を教わり、ひらがなを書いた。

「ひらがななんか、もう知っているで、先生」と宮尾が言って、

「知らんかった頃《ころ》を思い出してみろ」と原田が返して、

「そんな昔のこと忘《わす》れたわ、先生」と米沢が文句《もんく》を言い、

「忘れているなら思い出し」と原田がわざと怖《こわ》い顔をし、

「ひらがなだけ書くのも、結構《けっこう》、おもしろいな」と菱田がうまくしめてくれた。

原田が解説《かいせつ》した正しい鉛筆の持ち方を試《ため》してみると、今のオレの鉛筆の持ち方は、かなり変わってきてしまったのがわかった。まあ、せやからといって直すつもりはないけど。原田もみんなの持ち方を直そうとはしなかった。

この授業《じゅぎょう》は、オレたちにもう一度基礎《きそ》を教えるためやないのは、たぶんみんなわかっていた。

みんなもオレも一年生になりきった。小谷は「先生、うんこ！」と叫《さけ》んで教室を飛び出していった。あれは、ほんまなのかギャグなのか。どっちでも、小谷がオレにとって大事なやつやと思えた。そう思えると、さみしくなった。

一年生になったら友達を百人作るんやって歌があったけど、オレは百人もいらん。菱田と小谷の二人で十分や。

授業の最後に原田はこう言った。

「みんな、イスから立ち上がって教室をうろうろしたりすることもなく、ちゃんと座《すわ》れてたやないか。そこが一年生とはちょっと違《ちが》うな」

「もう、歳《とし》やから、動きが鈍《にぶ》くなったんじゃろうな」と、桑田《くわた》がおおげさにため息をついた。

「そや、一年生より君らは歳を取った。そして中学生になるんや」

中学生！

でもどこの中学校？

六年の教室に戻《もど》った時、オレは慣《な》れきっていた教室がちょっとだけ新鮮《しんせん》に見えた。

こうしてオレの小学生としての授業は終わった。

☆

そして卒業式の日が来た。

昨日の夜、母親がオレの部屋に入ってきて、まだ袋《ふくろ》に入ったままの新品のパンツとシャツを渡《わた》してくれた。

朝、オレはそれらを袋から出して、Mと書いてあるシールをはがして、糊《のり》の匂《にお》いがするパンツを目の前にかざして、これを穿《は》いたらオレはもう、小学生には戻《もど》れない儀式《ぎしき》に参加することになるのやと思った。

こんなに緊張《きんちょう》してパンツを眺《なが》めるのは生まれて初めて。

「よっしゃ！」

オレは、大きく息を吸《す》い込《こ》んでから一気に新品のパンツを穿いた。

朝ご飯はちらし寿司《ずし》やった。思わずオレは、

「昨日の給食で食べた」と告白してしまい、母親に叩《たた》かれそうになったが、

「今日は、テツオの晴れの日やから、許《ゆる》す」と言われた。

オレは給食のよりおいしいちらし寿司を食べた。嘘《うそ》やない。確《たし》かに給食のよりずっとおいし

かった。けど、昨日の今日では、ちょっと辛《つら》い。けど、うれしい。

オレは父親の車に乗らないで、これまでどおりバスに乗ることにした。

バス停で待っていると、きれいな服を着た親子連れが何組も通った。きっと瀬谷小学校の卒業生やな。四月からオレと瀬谷中学校に通う仲間や。

土矢二丁目のバス停には菱田と小谷が待っていてくれた。

「お迎《むか》え、ご苦労」

「とうとう、その日が来たな、テツオ」

「ひっしゃん、悪いな。今日は大役があるのに」

「大丈夫《だいじょうぶ》。何度も練習したし、書いたことを読むだけやから」

菱田は今日、卒業生代表で答辞を読むのや。それが決まった時、オレと小谷は、三人でおもろい答辞を作ろう。みんなを笑かしたるねんと張《は》り切《き》ったが、答辞とはそういうものではないそうで、菱田が書いたのを原田がチェックして作ったそうや。

「原田は卒業するわけやないのに」と小谷が、非常《ひじょう》に正しい指摘《してき》をしたが、

「それが、社会ってもんや」と菱田はにんまりとし、

「なるほど、そうか」と、オレは菱田になびいた。

「どっか、笑いを取るところはあるんやろ」と小谷が試《ため》しに訊《き》いてみたけど、

「ないよ」と菱田はあっさり返した。

「成田、ええか。別れるのんいややとか、泣き出すなよ。オレはそんな成田を最後の記憶《きおく》にしたくないからな」

「わかってるって、こったん。さわやかに笑ってお別れや。そしたら、卒業式に突入《とつにゅう》じゃあ!」

オレたち三人は、走って校門を通《とお》り抜《ぬ》けた。


パンツを穿《は》く時に勇気をかき集めたからか、卒業証書授与《そつぎょうしょうしょじゅよ》で講堂《こうどう》の壇上《だんじょう》に上がるのはたいしたことはなかった。リハーサルをしているし、オレだけやなくて六年生みんなが緊張《きんちょう》しているから、緊張も薄《うす》まったからかもしれない。小谷なんか、下りる時、階段《かいだん》でバンザイをして、きちんと笑いを取った。偉《えら》い。

この式のすべては、しっかりと母親がビデオ化していて、編集前《へんしゅうまえ》のライブ映像《えいぞう》を一回、「テツオの卒業式・土矢小学校編」(これやと「南谷小学校編」とかもあるみたいやけど、そういうツッコミを母親にするのは危険《きけん》や)という編集後の作品を一回、オレは見せられている。

校長の式辞は以下のとおりや。

「ご来賓《らいひん》のみなさま、本日はご多忙《たぼう》の中、卒業生たちの門出《かどで》に、ご臨席《りんせき》たまわり、心からのお礼を申し上げます。

また、保護者《ほごしゃ》のみなさまにおかれましては、お子様のご卒業、まことにおめでとうございます。

そして六年生のみなさん、卒業おめでとう！

昨年の始業式で私《わたし》は、各学年で目標を定めようとお願いし、六年生のみなさんには、『最高学年として、責任《せきにん》のある行動を取りましょう』と述《の》べました。

その日から今日まで、みなさんの様子を思い返しますと、思いやりの心を大切にして、下の学年の生徒たちの面倒《めんどう》をよく見、最高学年の責任を果たされたと思います。

入学式では、まだ不安の残る新一年生たちの手を引いて、この会場まで導《みちび》いてくれました。彼《かれ》らは、あなたたちの手のぬくもりをありがたく思い、一生忘《わす》れないことでしょう。

また、体育祭でも良きリーダーとしての範《はん》を示《しめ》してくれました。

そうして、小学校最後の一年を、とても充実《じゅうじつ》して過《す》ごし、小学校の仕上げを成《な》し遂《と》げられたと私は確信《かくしん》しています。

そんなみなさんの姿《すがた》に、私自身《わたしじしん》も励《はげ》まされ、教えられた気持ちでいっぱいです。ありがとう。

どうか土矢小学校での経験《けいけん》を忘《わす》れないでください。自分の達成したこと、その充実感《じゅうじつかん》や自信を覚えておいてください。培《つちか》ってきた仲間との絆《きずな》は将来《しょうらい》、みなさんの良い財産《ざいさん》となることでしょう。

この六年間の思い出と経験を基礎《きそ》にして、人を大切にする気持ちを行動に移《うつ》せる、そんな人間になってほしいと思います。

卒業生のみなさん。あなたたちは今、土矢小学校を巣立つ力を持ちました。ここから飛び立ち、一人一人の無限《むげん》に広がっている未来に向かって、希望を持って羽ばたいてください。

私たちは、この場所から、いつもみなさんを見守っています。

本日卒業を迎《むか》えられるみなさん。おめでとうございます」

オレは別に、校長の式辞の内容《ないよう》が悪いと思っているわけやない。オレたちのことほめてくれてはるし、立派《りっぱ》なこと、すごいええことを言うてはるのはわかる。けどな、ほめすぎやろ。祝いやから思いっきりほめてくれてるのもわかっているけど、普段《ふだん》の校長を知っているだけに、聞いていてこそばゆかったんや。

普段《ふだん》の校長が変なやつだとか、すばらしい大人だとか、そういうこととは違《ちが》う。校長はごく普通の校長や。他の小学校の校長がどんな人間かは知らんけど、たぶん普通やと思う。いつもオレらにニコニコ挨拶《あいさつ》してくれて、オレらも挨拶して、朝礼で退屈《たいくつ》な話をしてくれる人。けどな。卒業式での校長は、仕草も話し方も内容《ないよう》も、いつもと違いすぎるのが、ちょっと落ち着かなかった。

卒業式って嘘《うそ》っぽいのか？　それに耐《た》えるのが卒業式か？

校長の式辞のあと、ＰＴＡ会長や、政治家とかの祝辞が続いたけど、新しいパンツとシャツがまだ肌《はだ》にちくちくして、ただただがまんして、話をスルーしていた。

まあ、そうした、あまりいい気分でも、いい状態《じょうたい》でもない時、五年生の雪白《ゆきしろ》ほのみが壇上《だんじょう》に上がった。

オレが雪白ほのみを知っているのは、こどもの日にルンルン・カフェを借りてやる子どもカフェのメンバーやから。

雪白を見て、オレはうれしかったな。

雪白がかわいい女子だからやない。いや、かわいいけど、うれしかったのはそこやない。

大人の嘘っぽい祝辞に疲《つか》れていた。というか、嘘っぽい大人の姿《すがた》に疲れていたオレの前に、自分より一学年下の人間が現《あらわ》れたのがうれしかったのや。

背中《せなか》をまっすぐに伸《の》ばした雪白がゆっくりと壇上《だんじょう》までの階段《かいだん》を上り、無表情《むひょうじょう》なままでマイクの角度を直した時、その落ち着き具合にオレは打ちのめされた。

「オ、オレには、できへん。オレやと鼻の上に汗《あせ》が吹《ふ》き出《だ》す。一個《こ》年下やけど、雪白はすごい女子や」

そんな驚《おどろ》きが頭の中で爆発《ばくはつ》している時、雪白が紙を広げて読み始めた送辞が以下のとおり。


「校庭のすみれの花が満開で、喜びの気配に包まれた春。

今日は、先輩《せんぱい》のみなさんが土矢小学校を巣立たれる日です。

このたびはご卒業、おめでとうございます。

私《わたし》たち在校生《ざいこうせい》は、心からみなさんの門出《かどで》をお祝い申し上げます。

自分の年齢《ねんれい》が一つずつあがっていくのはとてもうれしいことです。先輩たちもきっとそう思われていることでしょう。

私たちは先輩たちを見上げながら、こんなふうになりたいものだとあこがれてきました。

右も左もわからないで不安な私たちを、いつも温かく見守り、支《ささ》えてくださったのは先輩たちです。

みんなが一致団結《いっちだんけつ》して、あきらめずにやりぬく心を、わかりやすく教えてくださったのも先《せん》輩《ぱい》たちでした。

先輩たちはいつも私《わたし》たち下級生のリーダーでした。

今はまだまだ頼《たよ》りない私たちですが、これからは先輩たちを見習って、この土矢小の伝統《でんとう》を守っていきます。みなさんが去ったあとの土矢小が、だめな学校にならないようにしていくのが、私たち五年生の役目だと思っています。

先輩のみなさん、いよいよ中学生ですね。

優《やさ》しい心と夢《ゆめ》を持ち、輝《かがや》く未来に向かって第一歩を踏《ふ》み出《だ》してください。

そして、土矢小でともに過《す》ごした私たちと、一緒《いっしょ》に泣いたり笑ったりしあった日々を、どうぞ忘《わす》れないで覚えていてください。

私たちもみなさんとの楽しかった思い出を決して忘れません。

みなさんとのお別れが、こんなに早く来てしまうのはとてもさみしいことです。

本当にお世話になりました。

先輩のみなさんの、ご健康とご活躍《かつやく》を心からお祈《いの》りし、送辞とさせていただきます。

五年生代表、雪白ほのみ」

オレはそれを聞きながらぽかんとしていた。だって、それまでに聞いていた大人の嘘《うそ》っぽい言葉と似《に》ていたから。

校庭のすみれは、確《たし》かにある。この前見たからな。

けど、あこがれていたって、ほんまか？　子どもカフェで雪白は、騒《さわ》ぐオレたちを「これが上級生やなんて!!」と怒《いか》りながら、しっかりと仕切っていたぞ。

それに、オレたちが下級生を見守ったことがあったとは思えへんし、支《ささ》えたこともたぶんない。いじめたことはあったけど。

「みんなが一致団結《いっちだんけつ》して、あきらめずにやりぬく心を、わかりやすく教え」たわけないやん。よう言うわ、雪白。

土矢小の伝統《でんとう》を守ると言われても、オレはどんな伝統があるのかも知らない。知ってたら教えてほしいぞ、雪白。

雪白はマイクの前に広げた送辞を書いた紙をなるべく見ないようにして、しっかりオレたち卒業生のほうを向いて話していた。きっと、一生懸命《いっしょうけんめい》覚えたのやろうと思い、そこはちょっと感動した。

けど、語っている言葉がかゆい。大人たちが語っていた時より、もっとかゆかった。

ごめんな、雪白。

オレは去年も卒業式には出席していた。出席していたはずだが、そこでどんな祝辞や送辞が語られたかはまるで記憶《きおく》になかった。送辞を読んだのは確《たし》か、二組の野木《のぎ》やったが、内容《ないよう》までは覚えていない。

それが今年、雪白の送辞は聞いている。どうしてかと考えるまでもなかった。語られている言葉がみんな、オレたち六年生に向けられているからや。

で、オレは突然理解《とつぜんりかい》した。

そうか。オレは小学校から追い出されるんや。

祝いの日なのはわかっているし、だから自分も喜ばなあかんのはわかっていたけれど、オレに思《おも》い浮《う》かんだのは、そんな事実やった。

そして、ごっついさみしさに襲《おそ》われた。

それからオレは、菱田が壇上《だんじょう》で、やっぱり紙を広げるのを眺《なが》めていた。

答辞はオレたち卒業生ではなく、雪白たち在校生《ざいこうせい》に向けて語られる言葉やから、オレが聞いていなくてもええかなと思ったけど、もうめったに会えなくなってしまう菱田の答辞やし、ちゃんと聞こうと思った。

菱田の答辞は、以下。

「冷たかった風も、ようやく和《やわ》らぎ、花の香《かお》りがする春となりました。

本日は私《わたし》たちのためにこのように盛大《せいだい》な卒業式を開いていただきましてありがとうございます。

今日、私たちは、たくさんの思い出と一緒《いっしょ》に、この土矢小学校を卒業いたします。

校長先生を始め、諸先生方《しょせんせいがた》、ご来賓《らいひん》のみなさま、保護者《ほごしゃ》のみなさまからは、大切なお祝いのお言葉をいただき、卒業生一同、心よりお礼申し上げます。

あれは六年前の四月でした。私たちは新一年生として、まっさらなランドセルを背負《せお》い、この土矢小学校に入学いたしました。

何もかもが初めての世界に不安だった私たちも、優《やさ》しく迎《むか》え温かく見守ってくださった先生方、手を取って導《みちび》いてくださった六年生のみなさんのおかげで、ほっとしたのをよく覚えております。

時間割《じかんわ》りのある生活に慣《な》れてきた頃《ころ》の運動会は、緊張《きんちょう》の連続でしたが、がんばることの大切さを教えられ、少し自分が大きくなれたように思えました。

夏の林間学校も楽しい思い出です。陶芸《とうげい》やキャンプファイヤーや登山など、毎年毎年が楽しみでした。特にみんなで飯《はん》ごう炊《すい》さんをして、手作りしたカレーライスの味は忘《わす》れられません。

五年生の臨海《りんかい》学校。遠泳の大変さ、スイカ割《わ》りの楽しさは、今でも何度も思い出します。

六年生の時の修学《しゅうがく》旅行。広島の原爆《げんばく》ドームで学んだことは一生忘れないと思います。戦争はしてはいけないと、みんなで心に誓《ちか》いました。

たくさんの行事を経験《けいけん》し、その中で私《わたし》たちは多くのことを学びました。団結《だんけつ》の大切さ、失敗の悔《くや》しさ、やり遂《と》げることの喜びなど、一つ一つが私たちを成長させてくれたのだと思います。

この小学校で得ることができたたくさんの宝物《たからもの》を大切にし、私たちは未来へと羽ばたいていきます。

在校生《ざいこうせい》のみなさん、土矢小学校の伝統《でんとう》を大切に守っていってください。

いつも厳《きび》しく、けれど温かい指導《しどう》をしてくださった先生方、養護《ようご》の先生、事務《じむ》の方々、用務の方、本当にありがとうございました。

最後に、土矢小学校の、ますますのご発展《はってん》をお祈《いの》りして答辞とさせていただきます。

今まで本当にありがとうございました。

六年生代表、菱田陸」

オレは、「菱田も、雪白と同じで、この学校の伝統《でんとう》を知っているらしい……」なんて思いながら、「結局、式っちゅうもんはそういうことやねんな、それをいちいち気にしてたらあかんねんな」と、いきなり納得《なっとく》してしまった。

気がついたら新しいパンツとシャツもちくちくしなくなってなじんでいた、そんな感じかな。

けど、ごっついさみしさは、それでなくなるわけやなかった。

みんなが原田と握手《あくしゅ》しているのを見て、オレは一人で講堂《こうどう》の裏手《うらて》にある花壇《かだん》に行った。この前、小谷たちとお別れ会をしたところ。

しゃがみ込《こ》んで、「確《たし》かにすみれはまだ咲《さ》いてるなあ、雪白」と、心の中でつぶやいた。それから、花壇の土の上に卒業証書《しょうしょ》の入った筒《つつ》を置いた。

そしたら、その筒の横に別の筒が並《なら》べて置かれ、菱田がオレの横に座《すわ》った。

「テツオ。出ていくお前はさみしいし、不安やろうけど、オレはもっとさみしい」

「がんばれよ！」とか、「大丈夫《だいじょうぶ》や」とか、なぐさめようはもっといろいろあるぞと思ったけど、菱田はしなかった。

そんな菱田を抱《だ》きしめたいくらいに感動していたら、「何、一人でいじけてるねん！」と、小谷が後ろからオレの頭を卒業証書《しょうしょ》の入った筒《つつ》で一発叩《たた》き、感動をだいなしにした。

小谷は自分の筒をやっぱり並べるようにして置いて、菱田と二人でオレを挟《はさ》むようにして座った。

このまま二人で捕《つか》まえておいてくれぇ！

「オレの答辞、どうやった？」と菱田が尋《たず》ね、オレは、

「めちゃくちゃ良かったで。感動してしもうた」と言って、そしたら小谷が、

「成田、嘘《うそ》つくな。オレはめちゃめちゃ気持ち悪かったで」と突《つ》っ込《こ》んできたので、

「すまん、嘘や。けど、ひっしゃんは一生懸命《いっしょうけんめい》考えたのやから、それは感動やろ、こったん」

とオレは苦しい言い方をし、菱田は、

「テツオはテツオらしいし、小谷は小谷らしいな」と笑い出した。

そうしたら、なんや知らないけど、急に楽しくなってきて、オレは菱田を肩《かた》で小突《こづ》き、小谷もオレの肩を小突き、オレが小谷に返して、気づけば三人で、立ち上がって押《お》しくらまんじゅ

うみたいなことをしていた。

もうすぐ中学生になるのに、オレらは何を小学生みたいなことしているねん。とは思わなかった。気持ちが軽くなるのがわかった。

疲《つか》れたオレたちは、はあはあ息をして顔を見合わせた。

「あれ、オレたちの小学生が終わった証拠《しょうこ》やな」

小谷があごで、花壇《かだん》に並《なら》べてある三本の卒業証書《しょうしょ》が入った筒《つつ》を指した。

「川の字に並んでる」とオレ。

「ぼくらは家族かいな」と菱田。

「家族と違《ちが》うけど、まあそれに近いかもな」と小谷。

「家族やったら誰《だれ》が親で、誰が子どもや」とオレ。

「そら、菱田が親やろ」と小谷。

「なんでやねん」と菱田。

「卒業生代表で答辞読んだもん、この中で一番偉《えら》い」と小谷。

「なら、菱田とうちゃん、小遣《こづか》いが欲《ほ》しい」とオレ。

「小学校との最後のお別れに、何かせえへんか?」と小谷。

菱田が考《かんが》え込《こ》んだ。

オレは頭にすぐに浮《う》かんだことを言った。

「水飲み場の蛇口《じゃぐち》に口付けて水を飲もう！」

それがなんで小学校での最後の行動なのか、実はオレにもよくわからなかった。けど、そうしたいと思ったら、もうたまらなかった。

オレは一人で走り出し、二人が続いて、運動場から校舎《こうしゃ》への入り口にある水飲み場にたどり着いた。みんなして蛇口から水を出して、横にした顔を近づけ、水をがぼがぼ飲んだ。

めちゃくちゃ気持ちがええ！

オレたちは顔を上げて、互《たが》いの口元から水がたらりと流れているのを見て、大笑いした。

それから、卒業証書《しょうしょ》の入った筒《つつ》を花壇《かだん》に置いたままやったのを思い出したオレたちは、また戻《もど》って回収《かいしゅう》した。

菱田が手提《てさ》げから箱を一つ出した。

「お前、今からカードゲームをここでしようというのか？　オレ、卒業式にデッキなんか持ってきてへんで」と小谷が言って、オレもうなずいた。

「いや、そうやない。テツオ、これ持っていけ。あっちの中学で対戦になった時、使ってくれたらええ」

「けど、これはお前の大事なデッキやん」

思わず手が伸《の》びて受け取りながらオレは言った。言いながら、返したくないないという邪悪《じゃあく》な思いもオレの心にはあった。

「テツオがいないのやったら、オレはもうカードゲームは卒業する」と、菱田はクールに笑い、

「オレは、成田が死んでもカードゲームはやめない」と、小谷も力強く断言《だんげん》した。

家に帰るバスに乗ったオレは、一番後ろの席に座《すわ》って後ろを振《ふ》り返《かえ》り、ガラスの向こう、停《てい》留所《りゅうじょ》で、ちぎれるほど手を振る小谷と菱田の目を見ていた。

こうしてオレが小学生なのは終わった。

2・成《なり》田《た》、中学校に入学する。

卒業式の二日後の夕方。オレは母親と標準服《ひょうじゅんふく》を受け取りに高橋洋装店《たかはしようそうてん》に出かけた。

「明日は祝日でお店が休みやしな」と母親が言ったのでオレは、

「そうや、明日は春分の日や。いつもやと授業《じゅぎょう》がない日でもうけたと喜べるのに、卒業したから関係ないねんな。損《そん》した」と素直《すなお》な気持ちで返した。

「あんたの思考回路が、私《わたし》にはよくわからんわ」

オレもわからんわ。

高橋洋装店に向かう道で母親は、

「早いもんやな。テツオが小学校に入った時はこんなに小さかったのに」と親指と人差し指で五センチほどの幅《はば》を作った。

「そうやな。あの頃《ころ》はおかあちゃんのポケットに入って通学してたな」

「ときどき、ポケットから顔を出して、かわいかったで」

「そうか？　オレは、ポケットが揺《ゆ》れて結構怖《けっこうこわ》かったわ」

「そうか。それはすまんかったね」

高橋洋装店が見えてきた。母親がガラスドアを開けて、オレが続いた。

「成田《なりた》さん。できてますよ」

高橋さんが店の奥《おく》からオレの標準服《ひょうじゅんふく》を取ってきて、カウンターに置いた。

「フィッティングルームへどうぞ。テツオくん着てみてくださいよ。中学生最初の一歩やね」

?

頭の中で何かの「?」が浮《う》かんだような気がしたが、それよりオレは新しい服のほうに興味《きょうみ》がわいた。

着替《きか》えやすいようにとジャージを着てきていたので、脱《ぬ》ぐのは簡単《かんたん》やった。それからズボンを穿《は》く。少しウエストが緩《ゆる》いけど、高橋さんがベルトを通してくれていたのでそれを締《し》めたらなんとかなった。次は上着。カッターシャツは汚《よご》れたらあかんからと母親が渡《わた》してくれなかったので、長袖《ながそで》Tシャツの上に着た。ちょっとぶかぶかして落ち着かない。首の回りが白いプラスチックに当たって窮屈《きゅうくつ》や。袖も長くて手が隠《かく》れてしまいそう。

カーテンが開けられ、高橋さんがオレを見たあと、横に移動《いどう》して母親にオレの姿《すがた》を見せた。

「わあ〜、中学生がいてるやないの」

母親がおおげさに口に手を当てて少し高い声を出した。

オレの頭にさっきの「?」が今度ははっきりと浮かんだが、もちろん母親はそんなことには気づかず、オレの着ている標準服を触《さわ》ったり、引《ひ》っ張《ぱ》ったりした。

たぶんそれは母親の愛情表現《あいじょうひょうげん》やからオレは、「愛って耐《た》えることなの？」とか思いながら突《つ》っ立《た》っていた。

「ちょっと大きいけど、すぐに体も大きくなるからな。これで大丈夫《だいじょうぶ》やテツオ」

「ズボンの裾《すそ》はすぐに出せますから、短くなったら来てください」と高橋さん。それはオレの脚《あし》が伸《の》びるということやな。

「やっぱり、詰《つ》め襟《えり》はええね。この子でも、しゃきっとして見える」

「詰め襟って、この首を動かしにくくしているもののことか？」と、オレが言った時、

「思ったより似合《にあ》ってるね、私《わたし》」と、隣《となり》でシロタアンリの声がして、オレは固まった。

なんで、アンリがいるのや。同じ日に採寸《さいすん》したから、同じ日にできたんか。と同時にオレは、声だけでそいつがシロタアンリやとサーチできてしまう自分に驚《おどろ》いた。

なんやねん、オレは？

「スカートは、もう少し短いのがこの頃《ごろ》のはやりですけどね」と高橋さんの奥《おく》さんの声。

「いや、これくらいの長さがいいよ。あんまし短いの、私は好きやないから」

正直に言う。

オレの頭の中は、セーラー服を着たアンリの姿《すがた》でいっぱいになった。

なんで、オレはアンリのセーラー服姿が見たいのや？

もっと正直に言う。この前、覚えたはずやのに、オレはアンリの顔を思《おも》い浮《う》かべられなかった。でも、セーラー服姿が見たかった。できたらスカートは短いほうがええとまで思った。もっと、もっと正直に言うと、その勢いでオレは、アンリがセーラー服に着替《きか》える前の姿まで想像《そうぞう》してしてしまった。

なんやねん、オレは？

「ほな、これでええし。早く着替え。入学式前に汚《よご》したらあかんしな」

母親の声が、オレを冷たく突《つ》き刺《さ》した。

「あ、この前の方」とシロタさんの声。「せっかくやから、どうぞ、うちの子のセーラー姿見てやってください」

見たいのはオレや……。というオレの思いは届《とど》かないのか。

「そしたら、うちのぼんくらのも見てください。一応《いちおう》テツオって名前を付けときました」

オレはあわてて、脱《ぬ》ぎかけていたズボンを引きずりあげた。

こうして二人の母親は場所を入れ替え、それぞれの子どもの中学標準服姿《ひょうじゅんふくすがた》を眺《なが》めたのだった。

「テツオさんっていうのですか。強そうなお名前。これからが楽しみな息子《むすこ》さんですね」

そうです、今はあかんけど、これからが楽しみなオレなんです。

「そうや、新中学生同士、お互《たが》い、見てみない、アンリ」

シロタさんの意見は正しいとオレは強く思う。

「男子の制服《せいふく》、いや標準服《ひょうじゅんふく》か、そんなもん、見たくなくても四月から嫌《いや》というほど見るから、今は遠慮《えんりょ》しとくわ」

アンリの言葉がオレの希望を打《う》ち砕《くだ》いた。けど、アンリの意見も正しいとオレは思う。オレも四月から、嫌というほどセーラー服を見るのや。でも、今も見たい。

「そうそう、こんなかわいい娘《むすめ》さん見せたら、うちのは気絶《きぜつ》してしまう」と、オレの母親がとどめを刺《さ》した。

アンリの母親とオレの母親は友達になれるかもしれんな。


家に持って帰った標準服を、父親の前で着てみせることになった。

「やっぱり、詰《つ》め襟《えり》はええなあ、とうさん」と母親が言ったら父親は、

「どやろ。ぼくはずっとジャケットやったからな」と首をかしげ、

「そうかいな。私《わたし》は中高時代のあんたを知らないし」と母親が冷たく言い放ち、

「知らんて、お前、付き合っていた頃《ころ》に写真を見せたったら、かっこいいわあとか、かわいいわあとか言うてたやないか」と父親が少しむっとし、

「そんな昔の話にこだわってもしかたがないやろ。今を生きななあ」と母親がごまかし、「昔やったら忘《わす》れてもええんか」と父親があんまり打点の高くない反撃《はんげき》をし、標準服姿《ひょうじゅんふくすがた》のオレは、一人さみしく、立ちっぱなしやった。

自分の部屋に戻《もど》ったオレは制服《せいふく》を、高橋さんによれば標準服やけど、母親が「ややこしいからもうこれからは制服と呼《よ》んでおき。どうせ同じなんやから」と言ったから、これからオレは制服と呼ぶが、それをクローゼットにしまった。汚《よご》れたらあかんので入学式までは触《さわ》るな、が母親からの指令なのだ。上着の金色のボタンは桜《さくら》の花びらの真ん中に「中」という字が浮《う》き出《で》ている。この「中」はもちろん中学の「中」や。ひょっとしたら、このシンプルなデザインはどこの中学でも同じじゃないやろうか？　土矢《どや》中学校も同じじゃないやろうか？

たとえジャケットと詰《つ》め襟《えり》という違《ちが》いがあっても、ボタンは一緒《いっしょ》かもしれんと思うと、ちょっとうれしかった。本当にそうかはわからないけど。

もう一度ボタンを見て、オレは高橋洋装店《ようそうてん》で浮かんだ「？」について考えた。

オレは六年間、小学生をやっていた。六歳《さい》で小学校に入学したから、人生の半分は、小学生をやっていたことになる。半分といっても、小学生になる前の六年間のうち、二歳くらいまではぼんやりとした記憶《きおく》しかない。もっと正確《せいかく》に言えば、見たくはないけど両親が一緒《いっしょ》に見たがる赤《あか》ん坊《ぼう》の頃《ころ》のビデオによって、その当時のオレの姿《すがた》はオレの記《き》憶《おく》に植え付けられている。もし世の中にビデオなどというものがなければ、イチゴケーキを手でつかんで口に詰《つ》め込《こ》もうとしたり、床《ゆか》を平気でごろごろと転げ回ったりしている野蛮《やばん》な赤ん坊の頃の記憶がオレに残っていたとはとても思えないし、思いたくもない。

よって、記憶にない時代を自分の人生に含《ふく》めないなら、二歳《さい》のかすかな記憶から始まるオレの人生は十年弱やから、小学生をやっていた六年間は、その半分以上を占《し》めているのや。

せやけど、オレはもう小学校を卒業した。中学の制服《せいふく》を買ってもらった。けど、まだ入学式はしてない。そしたら、オレは、オレは、なんや？

オレはまだ、小学生か？　もう中学生か？

「オレは、今、なんや？」と口に出して言ってみた。

するとオレは、とてつもない頼《たよ》りなさに襲《おそ》われた。

……すまん。

とてつもないというのはおおげさや。

なんとなく頼りなくなった。

オレの机《つくえ》は、小学生の時のままや。イスの高さも別に変えてない。ベッドのスプリングも掛《か》け布団《ぶとん》もそのままや。窓《まど》のカーテンを新しくしてもらったわけでもない。天井《てんじょう》も壁《かべ》もそのままや。ついでに言うたら天井《てんじょう》と壁《かべ》の角の黒カビも順調に大きくなってきている。そろそろカビ取りスプレーを吹《ふ》きかけようと思う。

卒業記念に黒カビ撃退《げきたい》や。

オレは、トイレの床《ゆか》に置いてあるスプレーを取ってきた。今までオレは、カビ取りスプレーを使ったことがなかった。危《あぶ》ないからと、母親が使わせてくれなかったのや。オレは母親に守られていたわけや。けど、小学生かどうかもうわからない、ひょっとしたらもう中学生かもしれないオレは、危険《きけん》を冒《おか》してスプレーを使うぞ。

廊下《ろうか》で会った父親がスプレーを指さして、「それで何をするのや」と訊《き》いたので、「部屋にできている黒カビをきれいにするのや」と返事をしたら、「そうやな。もうすぐ中学生やから、身の回りはきれいにしておいたほうがええやろうな」と言って去った。

一秒ほど父親の背中《せなか》を眺《なが》め、部屋に戻《もど》ったオレは、スプレーを机《つくえ》の上に置いてベッドに腰掛《こしか》け、父親が「もうすぐ中学生やから」と言ったのを考えた。もうすぐということは、少なくとも父親はオレのことをまだ中学生とは思っていないのや。オレは、父親を追いかけて、「おとうちゃん。今のオレは小学生か？　中学生か？」と尋《たず》ねたい衝動《しょうどう》に駆《か》られた。けど、父親の答えは、「さあ、知らん」である可能性《かのうせい》がかなり高い。そうなったら、頼《たよ》りなさはもっと大きくなる。それが怖《こわ》かった。

とにかく、黒カビ撃退《げきたい》や。

ベッドに乗っかってつま先立ちをして、手をいっぱいに伸《の》ばし、天井《てんじょう》と壁《かべ》の角に浮《う》かんでいる黒カビに向かってスプレーのトリガーを引こうとしたオレは、それをいったんやめた。

トイレに戻《もど》って、棚《たな》の上にあるゴム手袋《てぶくろ》を取り、薬箱に入れてあるマスクもつかんだ。

オレって、なんて安全重視《じゅうし》なやつや。

マスクを付け、ゴム手袋をしてから、再《ふたた》びスプレーを持ったオレは、ついにトリガーを引いた。

泡《あわ》は見事に黒カビを直撃し、それを包《つつ》み込《こ》んだけど、オレがイメージしていたように黒カビがさっと消えることはなかった。泡がだんだん消えていき、黒カビはそのまま残った。

なんだかがっかりしたオレは、スプレーを机《つくえ》の上に戻し、マスクを外し、ゴム手袋を脱《ぬ》いだ。

ん？

オレは机の上に備《そな》え付《つ》けられている棚を見た。そこには参考書がある。間違《まちが》いなくあれは小学生のためのものや。よく見ると一年生のから六年生のまで全部が置いてある。

オレってそんなに思い出を大事にするやつか？

それともオレってそんなに物持ちがええやつか？

それともオレってそんなに物を捨《す》てるのがきらいなやつか？

オレは机《つくえ》に近づいて、参考書たちを次から次へと棚《たな》から下ろして、スプレーの横に積み上げた。参考書はたくさんあったから積むのは結構《けっこう》大変で、何度も崩《くず》れたから、しばらくオレはそれに夢《む》中《ちゅう》になった。

参考書のビルが完成！

オレの六年間の参考書の歴史や。もしこの中に書いてあること全部が頭の中に入っていたら、オレは賢《かしこ》い小学生になっていたやろう。

もう遅《おそ》いけど。

ん？

もう遅いということは、オレはもう小学生やない。

それからオレは、クローゼットの奥《おく》にある棚、下着やTシャツなんかを置いてある棚の、一番上があいていたので、参考書全部をそこに押《お》し込《こ》んだ。

机の上にある棚は、何もなくなってすっきりとした。けど、それを見ていると、また頼《たよ》りなさに襲《おそ》われた。

ベッドに転がって天井《てんじょう》を見つめて言ってみた。

「オレは、今、なんや？」

まだ消えてへん黒カビは「オレは、今、なんや？」って悩《なや》んでいないのやろうな。

黒カビから目をそらそうと、横向きになったオレは、机《つくえ》のサイドのフックに掛《か》けてあるランドセルに気がついた。

「ランドセルや。なつかしいなあ」

そう言ってしまってから、オレは驚《おどろ》いた。これを背中《せなか》に背負って土矢小学校に通っていたのはついこの前、三月十七日までやないか。何が、「なつかしいなあ」や。

ランドセルに冷たすぎるぞ、オレ。

これまでのオレは、ランドセルをじっくりと眺《なが》めたことはなかった。夜寝《よるね》る前に、次の日に必要なものを詰《つ》めて、朝それをひっつかんで学校に行き、帰ったら床《ゆか》に放り投げていただけやった。

やっぱり、冷たいぞ、オレ。

革《かわ》のかぶせはあちこち傷《きず》が付き、肩掛《かたか》け部分もすれて色あせているのが、ベッドの上からでもわかる。

オレは左利《ひだりき》きなので、ランドセルを背中から下ろす時に左の肩掛けを握《にぎ》る。せやからそっちは右側より汚《よご》れている。黄色いプラスチックの警報《けいほう》ブザーも、左側にぶら下がっている。

これは、オレが六年間使ってきた、オレだけのランドセルや。

傷《きず》も汚《よご》れも擦《こす》れもみんなみんな、自分だけのものや。

そう思った。

もう使わなくなってからそう思ったのは、ランドセルに悪い気がしたけど。

それでオレは三年前のことを思い出した。

母方のじいちゃんが、学校で配られる用紙サイズのこととか考えたら、これからの小学生には大きいランドセルが必要になってくると、どこかで聞いてきたのや。それで、新しいのを買ってやろうと言ってくれた。

「おじいちゃんがお金を出してくれるのやったら、ぜひ買ってもらい、テツオ」と、母親は喜んでいたけど、オレはちょっと困《こま》った。というのは、また新しいランドセルに慣《な》れないとあかんのが嫌《いや》やったからだ。

オレは、幼稚園《ようちえん》が大好きやった。先生が読んでくれる絵本や紙芝居《かみしばい》を聞いているのも、女の先生に追いかけられるのも、男の先生に抱《だ》き上《あ》げられるのも大好きやった。

オレにとって幼稚園は天国みたいな場所やったから、小学校に入るなんてとんでもないことで、オレとしてはずっと幼稚園に通いたかった。

好きな物を食べ続けたい、好きなおもちゃで遊び続けていたいというのと同じやな。

もし、ずっと幼稚園に通うのと、小学校にあがるのをどっちか選択《せんたく》できるのやったら、あの頃《ころ》のオレは速攻《そっこう》で、幼稚園児《ようちえんじ》のまま生きることを選んだと思う。

もちろん、いくら幼稚園児のオレだって、そんな選択肢《せんたくし》はないと知っていた。

そして、母方の祖父母《そふぼ》が学習机《がくしゅうづくえ》を買い、父方の祖父がPSPを買い、祖母がランドセルを買い、逃《に》げられない現実《げんじつ》がオレに迫《せま》ってきた。

オレは、父方と母方の祖父母の間でどんな話し合いがあったのかはよく知らないけど、かわいい孫の入学祝いにどっちが何を贈《おく》るかでバトルがあったらしい。

あとで母親から聞いた情報《じょうほう》によると、そういう割《わ》り振《ふ》りになったのは、学習机に関して、両者の間でコンセプトが違《ちが》ったからや。

父方の祖母は現代の子どもにふさわしい、ノートパソコンを収納《しゅうのう》できる引き出しや、コンセントとUSBの接続端子《せつぞくたんし》がついていて、本棚《ほんだな》もたくさんある机を贈りたがった。値段《ねだん》は二万三千円だった。一方、母方はシンプルであきのこない、ウォールナットで作った北欧《ほくおう》家具の学習机がいいと思った。こちらは七万円だ。

判定《はんてい》はオレの両親がすることになったのだが、樹脂《じゅし》を使わず、自然に優《やさ》しそうな母方の机に魅力《みりょく》を感じたのやそうや。

「別に、値段で決めたのと違うからな」と母親が強調していた。

そういうわけで、オレの学習机はシンプルなものに決定し、ランドセルと、オレが欲《ほ》しがっていたPSPは父方に任《まか》されたのだ。

贈《おく》ってくれたランドセルは本革《ほんがわ》で、デザインは標準《ひょうじゅん》的《てき》なものが選ばれたそうや。色は茶色で内側と背中《せなか》に当たる部分が黄色。学習机を買う時は最先端《さいせんたん》のにこだわったのに、ランドセルがなぜ標準的かは謎《なぞ》やけど、まあ、父方の祖母《そぼ》はそういう人なのだ。

みんなの前で、新しいランドセルを背負ってお披露目《ひろめ》をさせられた時、「ランドセル選びはやっぱり、おばあちゃんが確《たし》かやね」と、わけのわからないことを母親が言っていたのをオレはぼんやりと覚えている。祖母からは、「岩男《いわお》の時もどれがいいか選ぶのにいろいろ悩《なや》んだから、その苦労が役立ったのねえ」と言われたのを、これもぼんやりと覚えている。

岩男とは、オレの父親の名前で、ついでに言えば母親の名前は結衣《ゆい》。

この時オレは、小学校に行くことから逃《に》げられへんとあきらめたのやと思う。

小学校に入ったオレは、幼稚園《ようちえん》時代からの友達もいたし、想像《そうぞう》していたよりすぐにそこになじんだ。そして小学校との間を行き来する間、毎日毎日背負っているランドセルも、最初大きい感じがしたけど、だんだんオレの体、オレの背中になじんでいって、いつのまにかそれはオレが小学生であるシルシみたいなもんになっていた。

はっきりとそれに気がついたのが、三年前の新しいランドセルを買ってくれるって話の時なのや。

オレは、このランドセルがあるから小学校に行けていると思った。背中《せなか》にこいつが張《は》り付《つ》いているから安心して通っているって思った。

せやのに、また一から新しいランドセルに慣《な》れないとあかんのかと思うと、パニックみたいになった。

それでオレは、このランドセルを絶対《ぜったい》に手放したくないと母親に言った。

せっかく買ってくれるって言うてるのにと反対するかと思ったら、母親は、あっさりと、

「そうか。そやな。テツオにそのランドセルはよく似合《にあ》ってるよ」と笑って頭をなでてくれた。

あの時の、ほっとした感覚は今でもよく覚えている。

……、そうか。オレはランドセルを大事に思っていたけど、それに慣れてしまっていたのや。慣れてしまって、今度はその存在《そんざい》を忘《わす》れてしまったのや。

ごめんな、ランドセル。

オレはベッドから起き上がって、ランドセルを取って机《つくえ》の上に置いた。重い。まだ教科書が入っている。

オレはイスに腰掛《こしか》け、しばらくそれを眺《なが》めていた。

六年前、ずっと幼稚園《ようちえん》で過《す》ごしたいと思っていたオレ。けど、知らない間に、小学生になじんで、ランドセルになじんでいた。それやったら、中学校もそうかも。なじむかも。

行く中学校が問題ありやけどな。

オレはランドセルから教科書を出さないで、そのままクローゼットの奥《おく》の棚《たな》にしまった。

三月十七日に小学生が背負《せお》っていたままのランドセルや。

さいなら、ランドセル。

☆

そして入学式の日。

もう忘《わす》れているかもしれないから、繰《く》り返《かえ》すと、オレは校門の前に立っていた。左右をオレと同じ新入生とその親たちが通りすぎていく。まっさらな制服《せいふく》の子どもと、びしっとキメた親たち。みんな楽しそうで、幸せそうや。

そらそや。今日は入学式やもん。晴れの日やもん。お祝いの日やもん。

もちろんオレもまっさらな詰《つ》め襟《えり》の制服を着て、母親もびしっとキメていた。

けどオレは、校門の前でびびっていた。

敵方《てきがた》の住民のふりをして相手の城門《じょうもん》の中へ入ることになった主人公の気分。いや別に、オレが主人公やとか、それにふさわしいタイプのええ男やとか思っているわけやない。オレは、ただの普通《ふつう》の……、普通の……。

オレは普通のなんやろう？

ああ、わからん。

とにかく落ち着いて、怖《こわ》がっているのを悟《さと》られず、平気なふりをして、みんなに紛《まぎ》れて、何気なく校門をくぐるのや。

「テツオ、そこで何ぼけーっと立ち止まってるの。早《は》よ、こっちこんかいな」

すでに敵方の城内に入っていた母親がオレを手招《てまね》きする。もう片方《かたほう》の手には講堂《こうどう》で履《は》く上履きを持っている。

あまりの落ち着きように、オレは母親の偉大《いだい》さを感じる……わけやない。

オレをこんな目に遭《あ》わせた張本人《ちょうほんにん》の一人が母親や。もう一人の張本人である父親は「仕事上の付き合い」という仕事に出かけてしまった。敵前逃亡《てきぜんとうぼう》ってやつ。まあ、父親のことは最初から当てにはしてへんから、それでもええけどな。

オレは、昨日、小谷《こたに》が電話で言った、「ええか、成田。スパイになってもええし、敵になってもええからな。どっちでもたぶんオレはお前の友達や」を思《おも》い浮《う》かべながら、「たぶん」にはちょっと引っかかるけど、勇気を奮《ふる》い起《お》こし、母親を追って、満開の桜《さくら》の下、校門をくぐった。

母親は入学式が行われる講堂《こうどう》に入らず立ち止まり、追いついたオレに言った。

「テツオ、あんたはあっちや」

「あっちって?」

「ほら、新入生がぎょうさん集まっているやろ。あそこに行き」

母親が指さした方向はグラウンドで、そこの端《はし》っこにある立《た》て看板《かんばん》に制服《せいふく》を着た中学生が群《む》れている。

「あそこに何があるねん。新入生用のミッションか?」

「言《い》い忘《わす》れてた。あそこの掲示板《けいじばん》に、あんたが入る新しいクラス名が書いてあるから、確認《かくにん》するの。イエィ!」

母親が拳《こぶし》を握《にぎ》って片手《かたて》を突《つ》き上《あ》げた。

「オレが知らんのに、なんで、そんなことを知っているの?」

「新入生の親用の保護者《ほごしゃ》説明会で、そう言っていたわ」

「そんなん、いつあった？」

「二月の終わり頃《ごろ》。あの時すぐに伝えようと思ってたけど、それやとテツオが忘《わす》れてしもうたらあかんと考えたおかあさんは、入学式直前に教えようと決めた。ところが、それから時間がたってしまううちに、入学式の段取《だんど》りをテツオに伝えておくのを、おかあさんのほうが忘れてしまった。ついでに教えておくと、この書類を渡《わた》すのも忘れていた。あとで先生に提出《ていしゅつ》するんやで。まあ、何もかも忘れていたというのが、隠《かく》せぬ真実や」

オレは母親から封筒《ふうとう》を受け取り、ポケットに入れた。

中学校はオレのことやのに、オレより先に親に情報《じょうほう》を流すのか。そして、母親はその情報をオレに流すのを忘れていたのか。

「ぎりぎりやけど、間に合わなかったわけやないし、大きな心で母親を許《ゆる》すのや、テツオ。それが中学生や」

そこでオレはまた、例の「オレはなんや？」を思い出してしまった。入学式が終わっていないオレは、まだ中学生と違《ちが》うのやないか？　けど、もうクラスが決まってしまっているということは、否《いや》が応《おう》でもオレはもう瀬谷《せや》中学校の生徒なのやないか？

「早くしなさい」

しかたなくオレは、グラウンドの掲示板《けいじばん》に近づいていった。

新しい下着が汗《あせ》ばんだオレの肌《はだ》をちくちくと刺《さ》す。そう、今日も母親はオレに、新品の下着に、新品の白いシャツを着ろと言ったのだ。

ん？　もしかしたら母親も新しい下着か？　入学式から逃走《とうそう》した父親も、新しい下着で仕事をしながら、オレの入学を祝っているのかもしれない。

オレと同じ詰《つ》め襟《えり》の背中《せなか》と、セーラー服の背中がいっぱい動いていた。みんな、オレが知らない小学校を卒業した背中や。けど、これから覚えていく背中や。

「わ、一緒《いっしょ》のクラスや」

「分かれてしもうたなあ」

といった、この掲示板《けいじばん》の前では、いかにもありがちな言葉が聞こえてくる。

「肉まん、食べたいなあ」とか、

「少ない小遣《こづか》いには、消費税増税《しょうひぜいぞうぜい》は結構《けっこう》きついな」とか、そういう、全然ありがちじゃない言葉が聞こえてこない、当たり前のことにオレはちょっと感動していた。

いかにもありがちで、当たり前って、なんて安心なのやろう。

オレはもう一歩近づいて、背中の隙間《すきま》から掲示板を見た。

成田テツオはすぐに見つかった。二組や。

それからオレは後藤《ごとう》を探《さが》した。いた。二組……と三組。二組は後藤道夫《みちお》で、三組が後藤翔《しょう》。何かありがちな名前。けどオレが知っている、あの後藤がどっちなのかわからない。同級生なのか、隣《となり》のクラスなのか……。

オレはあわてて、菱田《ひしだ》と小谷の名前を探していた。もちろん、なかった。アホや。

「いいですかあ。自分のクラスを確認《かくにん》し終《お》えたら、地図にある本館の受付に行ってください」

先生か、事務《じむ》の人か、上等そうなスーツを着た女の人が、何度もそう言っていた。

地図を見ると校舎《こうしゃ》は、母親が消えた講堂《こうどう》と渡《わた》り廊下《ろうか》でつながった本館にある。本館は、中庭を囲むように作ってあって、教室や職員室《しょくいんしつ》は北と南に集中している。北側が北校舎で、南側が南校舎。講堂とつながった西側と、その反対の東側には、理科室とかがあるみたい。

クラスを確《たし》かめたみんなは次々と受付に向かった。女子も男子も、友達と連れになって本館南校舎前に向かって去っていく。

女子の何組かは手をつなぎ合っていた。たぶん同じクラスになった連中やろう。しかし、女子はなんであんなふうに、楽しそうに手をつなげるのやろう。オレ、小谷とも菱田とも、手をつなぎ合って歩いたことなんかない。つなぎたいとは思えへんけど、今やったら、思わずつないでしまうかもしれない。

掲示板《けいじばん》から振《ふ》り返《かえ》ってグラウンドを眺《なが》めた。土矢小学校よりめちゃくちゃ大きい。三つの小学校からこの中学校にあがってくるのやから三倍でも不思議ではない。けど、その大きさにオレはちょっとびびった。

しかも、さっきの地図によれば、北校舎《きたこうしゃ》の北側にはプールの横に、もう一つグラウンドがある。

「なんか、この広い学校では迷子《まいご》になりそうや。土矢小学校はもっと簡単《かんたん》な構造《こうぞう》やったのに」って、つぶやいてみた。


「君、新入生？」

受付の前で腕章《わんしょう》を付けた男の人がオレに言った。オレはコクリとした。

「返事は声に出して言うものや」

「はい」

「そしたら、あそこで手続きをして」

男の人が指さした方向には、机《つくえ》が並《なら》べられていて、それぞれに組を書いた紙が下がっていた。

一つの机に二人の大人。

詰《つ》め襟《えり》とセーラー服は、自分の組の机に分かれていき、それから本館に消えていく。

本館は実は呪《のろ》いの館《やかた》で、オレたちの運命はクラスごとに分かれている。あの受付で魔法《まほう》を掛《か》けられて自分を失って、ぞろぞろと本館に消えていく……。

と、想像《そうぞう》してみたら、結構怖《けっこうこわ》かった。

でも、オレも二組の生徒にならなあかん。

オレはちょうど生徒がいなくなった二組の机《つくえ》の前に立った。

「お名前は？」

女の人が笑顔《えがお》で言った。

「成田鉄男《てつお》です」

「成田鉄男さん。はい、確《たし》かに二組の生徒ね。書類は？」

オレはさっき母親から受け取り、ポケットに入れておいた封筒《ふうとう》を渡《わた》した。

封筒から出した書類にさっと目を通して箱に入れてから、その人は、

「成田さん、入学おめでとうございます。そして、二組へようこそ」と言った。そして、制服《せいふく》のポケットに花の形のリボンを、小さいプレートを胸《むね》のポケットにピンで留《と》めてくれた。プレートには「一年二組　成田鉄男」と書かれていた。

瀬谷中学校一年二組成田鉄男のできあがりや。

「三年生が成田さんの教室まで案内してくれるよ」

その言葉を待っていたかのように、セーラー服の女子がオレの横に立った。背《せ》はオレよりちょっと高いぐらいやけど、なんか迫力《はくりょく》がある。というか、怖《こわ》い。

「加瀬《かせ》さん、よろしくね」

「はい、ウリュウ先生」

この三年生女子は加瀬で、この女の人はウリュウ先生か。情報《じょうほう》ゲット。ウリュウってどんな漢字やろ？

「あんた、何ぼけーっとしてんの」

加瀬が言った。

「加瀬さん、『あんた』じゃなくて成田鉄男さん」

「では、成田さん。君の教室に連れていこうな」

オレはかなりびびりながら、加瀬の後ろをついていった。そのセーラー服を見ていると、アンリを思《おも》い浮《う》かべた。

なんやねん、オレの心の動き。アンリも同じ二組で、きっと偶然《ぐうぜん》席も隣《となり》で、アンリはよそから来たオレを心配してくれて……。

なんやねん、アンリに頼《たよ》るオレの根性《こんじょう》。

でも、でも、この中学校で、ちょっとでも知っているのはアンリだけやん。

オレの心の動きは、ものすごく自然やん。

あ、さっき掲示板《けいじばん》でオレ、アンリがどのクラスかなんて探《さが》しもしなかったな。すっかり忘《わす》れていたな。そして今、急にアンリに救いを求めているのやな。

「まず最初にすることは、靴《くつ》を上履《うわば》きに履《は》き替《か》えること。学校指定のを持ってきたやろ」

本館と講堂《こうどう》の渡《わた》り廊下《ろうか》のところに並《なら》んだ下駄箱《げたばこ》から、加瀬は自分の上履きを出して履き替え、スニーカーを下駄箱に入れた。

オレも袋《ふくろ》に入れて持ってきた真新しい上履きに履き替えたけど、スニーカーはどうしたらええねん。自分の下駄箱はまだないぞ。

「靴はその上履きを入れてきた袋にしまったらええわ」

オレの心を読んだ加瀬が言った。

「ここの一階には職員室《しょくいんしつ》や保健室《ほけんしつ》、家庭科の実習室なんかがあって、二階からが教室になってる。新一年生は北校舎《きたこうしゃ》の二階やな」

それだけ言って、背中《せなか》を向けて先を歩く加瀬が階段《かいだん》を上っていく。並《なら》んだほうがええのやろうけど、びびっているオレは後ろを歩く。

「色が違《ちが》う」

加瀬の上履きのかかとを見てオレは言った。

「ああ、今度の三年生は白で、二年生は緑で、一年生は青やね。教師《きょうし》は私《わたし》らの学年を、それで瞬時《しゅんじ》に見分ける。彼《かれ》らにとっては便利やな。こっちの好みを無視《むし》して色分け。あ〜、やだ、やだ。でも、白の学年でまだ良かった。あんたらは三年間青やしな。私の趣味《しゅみ》だとそれは結構《けっこう》悲惨《ひさん》な色や」

振《ふ》り返《かえ》らないまま加瀬が教えてくれる。

「オレが新一年生やと、加瀬さんは新三年生ですね」と言ってみる。

「そうやな。四月はみんな『新』ばっかりや。うんざり。はい、到着《とうちゃく》。二組がどこにあるかはわかるやろ」

階段《かいだん》を上りきったところで、加瀬がいきなり振り返った。

「この廊下《ろうか》をまっすぐ行ったら北校舎側。そこに六教室並んでいるから、あんたは二組に入るのな。まあ、がんばり、新一年生」

オレが、「はい。がんばれるかどうかわかりませんけど、とにかくがんばってみようとは思います、新三年生の加瀬さん」と言うと、

「せやな、がんばれるかなんかわからないね。適当《てきとう》にやって」と返された。

加瀬は、オレの横を通《とお》り抜《ぬ》け、階段を下りていく。きっと次の新一年生を連れてくる役目があるのやろう。その背中《せなか》を見ながら、今度は加瀬に頼《たよ》りたいオレがいた。

オレって……。

オレは誰《だれ》もいない廊下《ろうか》を見た。右側、つまり東側には窓《まど》があって、中庭が見下ろせる。花壇《かだん》とベンチがある。

オレの背中を男子二人が通っていった。きっとオレと一緒《いっしょ》で、新三年生に二階まで連れられてきたんや。

「ここから中庭が見渡《みわた》せてね、眺《なが》めているだけでも楽しいよ」

あれ？

新入生二人ではない。新三年生が一年生の教室のある北校舎《きたこうしゃ》まで案内しているのや。

加瀬、手抜きしたな。

オレは二人に続く。

一組に一人が消え、オレより大きな男子、たぶん新三年生が戻《もど》っていく。

加瀬、加瀬さん。オレもここまで連れてきてほしかった。

ん？

オレは土矢小学校の廊下と様子が違《ちが》うのに気づいた。教室の廊下側に窓がない。土矢では、どの教室も廊下側に窓があった。一つの窓は四つのガラスがはめ込《こ》まれていて、下の段《だん》の二つは磨《す》りガラスで、上の段《だん》のガラスは透明《とうめい》やった。

なんか、壁《かべ》だけっちゅうのは圧迫《あっぱく》される感じやけど、今のオレには中が見えにくいのは助かった。

すでに教室に入っている連中の騒《さわ》ぎ声《ごえ》を聞きながら、やっぱり騒がしい声がする二組のプレートが掲示《けいじ》された教室の扉《とびら》の前に立った。扉には四角くガラスが入っていて教室の中が見える。こっちの扉は後ろ側や。

騒がしいけど、みんな席には着いている。初めての中学やし、オレと同じように緊張《きんちょう》しているのかもしれない。

そや。こいつらもオレと同じ新一年生や。びびってどうするねん！

オレは後ろの扉を、できるだけ音がしないようにゆっくりと開けた。

みんな席に着いていても騒がしいのは、たぶん同じ小学校から来て同じクラスになった連中が、あちこち固まっているからや。

オレにはそんなやつはいない。

誰《だれ》も振《ふ》り返《かえ》らなかった。誰も振り返らないことが、こんなにうれしいとは思わへんかった。

悪いことに、席は後ろから埋《う》まっていて、オレは机《つくえ》の間を通って前に移動《いどう》しなければいけなかった。目立つやんか。

「この詰《つ》め襟《えり》って首がきついなあ」

「土矢中ならジャケットやったのにな」

「けど、それやったら、土矢中生になってしまうぞ」

「詰め襟をがまんして瀬谷中生になるのがええか、楽なスーツ着られるけど土矢中生になってしまうか、難《むずか》しい選択《せんたく》や」

「オレは、詰め襟でも瀬谷がええな。土矢なんか、どんくさい」

「オレもそう思う」

楽しい会話を聞きながら、オレは下を向いたまま、そお〜っと一番前の中央左側の席に座《すわ》った。オレとしては、すぐに逃《に》げられる前扉《まえとびら》の近くが良かったけど。

あれ、この位置って、原田《はらだ》がした最後の授業《じゅぎょう》での教室の時と同じやないか。そして、あの時の教室も確《たし》か一年二組やった。

小学校と中学校という違《ちが》いはあるけどな。

えらい違いやけどな。

誰《だれ》もオレのことは気に留《と》めていない。きっと、元土矢中学校区の土矢小学校からではなく、瀬谷中学校区の、自分とは別の小学校から来たと思っているのやろう。オレがどこから来たやつかをわかるとしたら後藤らやけど、オレのほうでも、みんなの顔を見てないし。このクラスに確実《かくじつ》にいる後藤道夫が、あの後藤か、三組の後藤翔が、あの後藤か……。ん？

イスが土矢小学校より高い。机《つくえ》も大きい気がする。

これが中学の机とイスなんか？

前の扉《とびら》が開いて、さっきの受付にいたウリュウが入ってきた。

「みなさん、おはようございます。私《わたし》は、担任《たんにん》のウリュウ直子《なおこ》です」

ウリュウが背中《せなか》を向けて、「入学式会場座席表《ざせきひょう》」と書かれた模造紙《もぞうし》が貼《は》ってある黒板の左端《ひだりはし》に、ささっと「瓜生《うりゅう》直子」と書き、それからまた振《ふ》り向《む》いて頭を下げたので、オレもあわてて下げた。

顔を上げると、目の前に瓜生がいる感じやった。

目の前に立っている瓜生をオレは観察《かんさつ》した。背《せ》は大人やからオレより高いと思うけど、母親よりは低そうやから、大人ではきっと低いほうや。顔全体は丸くて小さい。せやからか、顔のパーツがみんな大きく見える。目も鼻も口も、はっきりくっきり目立つ。特に目はキラキラで、見たものをみんな記憶《きおく》してしまいそうや。髪《かみ》の毛《け》はものすごく短くしていて、少し長めの坊主頭《ぼうずあたま》のようや。もっとかっこいい呼《よ》び方《かた》があるんやろうけど、オレは坊主頭って言葉しか知らない。瓜生ってシャンプーが面倒《めんどう》くさい先生かもしれない。

「今から、会場に入ります。入り口は講堂《こうどう》の前の扉《とびら》。ここね。入る時は、一人一人がよく見えるように一列で歩いてください。だらだらじゃなく、しゃきっと！　ね。

みなさんが入ると、保護者《ほごしゃ》の方やご来賓《らいひん》の方が拍手《はくしゅ》で迎《むか》えてくださいます。今日はみなさんが主役の、お祝いの日です。いっぱい、いっぱい、祝ってもらってください。

たくさんの方からお祝いの言葉をいただけます。ちょっとあきてしまうかもしれませんけど、みなさんの入学をお祝いしようと集まっていらっしゃるのですから、少しがまんしてください。

この図にあるように、会場の前のほうに一組から三組までのイスが並《なら》んでいます。クラスとクラスのイスの間は退場用《たいじょうよう》の通路として幅《はば》がとってあるのがわかるでしょう。

一組の人が席に着いたあと、二組のみなさんが続きます。席は、入った順に後ろのほうから詰《つ》めて座《すわ》っていけばいいですよ。私《わたし》がサポートしますから大丈夫《だいじょうぶ》。

教室での席順は、改めて決めますので、今日は行進の順に座ってくださいね。

式が終わったら、全員起立して、クラスの席の右側の通路から退場します。この時も拍手《はくしゅ》をしてくださいますから、うれしいと思ったら、精一杯《せいいっぱい》の笑顔《えがお》で歩いてほしいです。

そして、この教室に戻《もど》ってくる。

以上」

瓜生は、黒板の模造紙《もぞうし》を指さしながら話したので、オレにも段取《だんど》りはだいたいわかった。けど、うまいこと入場して、うまいこと座って、うまいこと起立して、うまいこと退場《たいじょう》できるかは頼《たよ》りない感じやった。瓜生に頼ろう。

前扉《まえとびら》が開いて大人の男の人が顔を出した。

「瓜生先生、一組出発しました」

「ありがとうございます、一色《いっしき》先生。あとでここに戻ってきますから、さっき履《は》き替《か》えた靴《くつ》を入れた袋《ふくろ》は、今座っているイスの上に置いておけばいいですよ。では、みなさんの番よ。前と後ろどちらの扉から出てもいいから、廊下《ろうか》に集まって。先頭は決めておいたほうが乱れないね」

瓜生がオレを見た。

「じゃあ、成田さん。先頭に立ってくださいな」

この教室で一番目立ちたくない男子生徒が指名された。

オレは下を向きながら前扉に早足で行き、廊下に出た。一組の最後のほうがまだ、固まって停滞《ていたい》している。そこに紛《まぎ》れてしまいたい欲望《よくぼう》を抑《おさ》えながら、オレは二組の一番前で待った。

一組のみんなの上履《うわば》きもまっさらで、青いかかとや。

こんな時、アンリが後ろから、「成田くん、がんばってね」ってささやいてくれるというような、アホな想像《そうぞう》をオレは絶対《ぜったい》にしなかった。

一組のシッポが歩き出し、瓜生が、

「さ、行きましょう」とオレに笑いかけて、二組の行進が始まった。


オレは瓜生の背中《せなか》を見ながら歩いた。階段《かいだん》を下り、本館を出て、渡《わた》り廊下《ろうか》を歩き、講堂《こうどう》へ。

アリの行進みたいやなと思うと、ちょっと心が落ち着いた。

講堂の前扉《まえとびら》は開かれていて、すでに入っていっている一組への拍手《はくしゅ》が聞こえてきた。

「二組入場！」

オレは小学校の入学式の時のようにキョロキョロしないでまっすぐ前を向いて歩いたけど、中に入ったとたん、会場の照明の明るさに目がくらみ、一気に緊張《きんちょう》してきた。

座《すわ》っている保護者《ほごしゃ》や、もう先に座っている一組からの視線《しせん》がオレに向けられた。いや、オレにというより、その入り口から入ってくるみんなにや。オレのことを知っているのは、どこかに座っている母親だけや。オレは、母親を探《さが》したいとは思わなかった、というのは嘘《うそ》で、本当はめちゃくちゃ探したかった。母親のことをこんなに頼《たよ》りたかったのは、たぶん幼稚園《ようちえん》に初めて行った時以来やと思う。でも、オレは、そんな顔は見せないで、一組が全員座《すわ》り終《お》わったあと、拍手《はくしゅ》を浴びながら、瓜生に導《みちび》かれるまま、二組の席の一番後ろに座った。

続いてやってくる二組の連中の顔が見える。もちろんみんな知らない顔、のはずやったけど、後藤がいた。オレの知っている後藤は後藤道夫やった。オレはあわてて、下を向いた。

気づかれたかな？　もっと注意して最初から下を向いていたら良かった。いや、今見つからなくても、同じクラスやから、どうせ見つかる。それやったら、何も下を向く必要ない。

オレは、勇気を出して顔を上げた。後藤はオレの前の席に座って背中《せなか》を向けていた。

ほっとした。

新一年生が拍手に迎《むか》えられて次々と入ってくる。もう二組は終わりかけて、三組が男の先生に連れられて行進している。みんな緊張《きんちょう》した顔をしているかと思ったら、にやにや笑っているのも、キョロキョロしているのもいて、やっぱりキャラクターは出るのやなあ。三組の先頭に後藤の仲間を見つけた。見つけたとたんオレは下を向いた。

ごく自然な反応《はんのう》や。ごく自然な反応や。

確《たし》か、真砂《まさご》という名前やったと思う。

オレは二組の一番後ろで、一番左端《ひだりはし》に座っていたから、真砂が左を見ない限《かぎ》り気づかれないはずや。

あかん。

今さっきオレは、どうせ見つかるのやから隠《かく》れる必要はないと決心したはずや。でも、できれば気づかれるのは遅《おそ》いほうがいいかなって、思い始めたオレがいた。

だから、新一年生が着席し終わるまでオレは下を向いていて、アンリを探《さが》すのを、また忘《わす》れていた。探したからどうってことはないけど、やっぱり何か安心できるやん。

拍手《はくしゅ》が鳴りやんで、どうやら着席が終わった。でも、オレは用心してまだ下を向いていた。

顔を上げたのは、

「第四十五回、入学式を始めます」という声が聞こえてからやった。

オレは、後藤たちにびびり、アンリを求め、基本的《きほんてき》には目立たず静かにこの入学式を終わりたかった。しかし甘《あま》かった。

わりと年寄《としよ》りの男の人、たぶん教頭かなんかが、壇上《だんじょう》に上がりマイクに向かってこう言った。

「それではこれから、瀬谷中学校に迎《むか》える、新一年生のみなさんをご紹介《しょうかい》します。一組から、一人一人名前を呼《よ》びますので、呼ばれた人は立ち上がって元気に『はい！』と応《こた》えてください」

そ、そんな話は母親からも瓜生からも聞いてないぞ。瓜生が言うのを忘れたのか？　それともこれはライブ感を出すために、わざと新入生に知らせてなかったのか？

周りの連中は最初ざわざわして、それから静かになった。オレと同じで緊張《きんちょう》しているのや。

「それでは、これから一組のみなさんを紹介《しょうかい》します。私《わたし》は担任《たんにん》の大岡健三郎《おおおかけんざぶろう》です」

大岡は瓜生よりはずっと年上の男の人や。

一組がアイウエオ順で名前が読み上げられ始めた。

呼《よ》ばれると立ち上がり、両手を脇《わき》にピシッと付けて「はい！」と声を出す。元気な声も小さな声もあるけど、前に並《なら》んでいる先生たちや、オレの後ろに座《すわ》っている保護者《ほごしゃ》から大きな拍手《はくしゅ》が起こる。

名字が同じやったから、あわてて二人立ち上がって笑いが起こる。

ライブ感いっぱいや。

もしオレが単なる観客やったら、おもしろいイベントやったと思う。

アイウエオ順やと、後藤はオレより先になる。オレの目の前に座っている後藤も、明るく元気よく、怖《こわ》さはなく、「はい！」って言うのやろう。

一組の紹介が終わった。知っている名前は一つもなかった。

大岡がマイクを瓜生に渡《わた》して二組の紹介が始まった。

最初に紹介されたアイゾメアキラは小さな声で「はい」と応《こた》えた。何人目かに呼《よ》ばれた後藤は、オレの真ん前で勢《いきお》いよく立ち上がり片手《かたて》まであげて「はい！」と叫《さけ》んだ。それから、くるりと後ろを向いて、保護者《ほごしゃ》に手を振《ふ》った。

拍手《はくしゅ》と共に笑い声が起こった。

受けたのに喜んだ後藤はおおげさに頭を下げ、それから頭を上げ、オレと目が合い、一瞬《いっしゅん》「?」顔になり、それからまた、思い切り笑顔《えがお》で手を振ってから座《すわ》った。

オレとしては、「わざとらしい受け方や」と思いたいところやったけど、じゃあオレにそれができるかというと、無理なのはわかっていたし、かといってもっと受けるやり方も思いつかず、つまりは、後藤はすごいなと感心したオレ。さっきオレが誰《だれ》なのかに気づいたとしたら、いや、気づいたかもしれんけど、そうやったら、後藤はこれからオレをどうする気やろう？

あちこちシャッターが閉《し》まっているアーケード街なんかで、あいつらと出くわした時、にらみ合いながらすれ違《ちが》っていたもんなあ。にらみつけている後藤に、小谷は「まっすぐ前を向いて歩かな、アホは転ぶぞ」なんて馬鹿《ばか》にしたように言うてたもんなあ。あれはいかんわなあ。後藤も「お前が下向いて歩けよ。なんか落ちていたら、拾って食べや」なんて言い返していたもんなあ。あれもいかんわなあ。けど、あの時は、あれが楽しかったし。仲間意識《いしき》いうのかな、それがすごく強くなった。あ〜、オレも「どうせ、いつもろくなもん食べてないやろうから、コンビニみたいな上等なところで買い食いしたら、お腹《なか》を壊《こわ》すぞ」って言うたこともあった気がするなあ。そしたら後藤が、「お前にとっては、コンビニ程度《ていど》が上等なんやな」ってめちゃくちゃ笑いよって、確《たし》かにオレにとってはコンビニのお菓子《かし》は上等で、買う時ドキドキするなあと、感心してしまった気がするなあ。

やっぱり、あれやな、敵方《てきがた》とは普段《ふだん》から友好的になれるような努力をしておいたほうがええのやな。

気づくのが遅《おそ》いな。

「シロタアンリさん」

ん？

オレより三列前のイスから、だら～っとセーラー服の背中《せなか》が立ち上がって「はい」と怒《おこ》ったような言い方で応《こた》えて、すぐにだら～っと座《すわ》った。

背中しか見えなかったけど、あれって、あのアンリやよな。この中学校で唯一《ゆいいつ》オレが知っている生徒。高橋洋装店《ようそうてん》で、オレの隣《となり》で制服《せいふく》の採寸《さいすん》をしていた、あのアンリやよな。

オレは、都合のいい展開《てんかい》をする出来の悪いマンガを読んでいるような気持ちになった。

怖《こわ》い後藤と同じクラスやと落《お》ち込《こ》んでいたら、オレの味方になってくれる仲間が現《あらわ》れた！

ん？

やっぱりオレはアホやな。アンリが仲間である根拠《こんきょ》は何もない。というか、後藤とアンリが同じ小学校出身の友達である可能性《かのうせい》のほうが、オレとアンリが仲間である可能性よりずっと高い。というか、オレとアンリが仲間であったことなんか一度もない。

あれ？　オレはなんでアンリを仲間なんて思ったのやろう。

「成田鉄男さん」

遠くで誰《だれ》かがオレを呼《よ》んでいる。女の声やけど、アンリか？

「成田鉄男さん」

違《ちが》う。瓜生や、担任《たんにん》の瓜生直子や。オレの番が来たのや。

勢《いきお》いよく立ち上がったオレは、

「はい！　オレがテツオです！」と、めっちゃ力を入れて声を出してしまった。

会場が一瞬《いっしゅん》、ほんの一瞬だけシーンとなって、それから大爆笑《だいばくしょう》になった。

受けた。

受けたのはきっとええことや、と信じてオレは座《すわ》った。すると前の席のやつが振《ふ》り返《かえ》り、

「そうか、やっぱりお前は成田か」と笑った。

小谷や菱田と一緒《いっしょ》やったらたぶんオレは、「そうや。そんなお前が後藤やな」とか言い返せたかもしれないと思う。けど、オレはただ、「うん」と言って下を向いた。

それからのオレは、校長の話が始まるまで、ぼうっとしていた。

校長の話は、こんなのやった。

「花々が咲《さ》き誇《ほこ》り、春の香《かお》りが満《み》ち溢《あふ》れる、この佳《よ》き日に入学式を迎《むか》えられましたことを、心からお慶《よろこ》び申し上げます。

新入生のみなさん、ご入学まことにおめでとうございます。

みなさんは今日より、瀬谷中学校の第一学年の生徒となられました。先ほど、担任《たんにん》の先生に名前を呼《よ》ばれて元気に立ち上がり返事をしてくださったみなさん。その態度《たいど》は立派《りっぱ》であり、まさに中学生にふさわしい姿《すがた》であり、私《わたし》は大変うれしく思いました。

無限《むげん》の可能性《かのうせい》を持ち、明るい未来が待っておられるみなさんを、喜びを持って迎《むか》えたいと思います。

保護者《ほごしゃ》のみなさま、大切に育ててこられたお子様の中学生としての第一歩をお祝い申し上げます。職員《しょくいん》一同、責任《せきにん》を持ってお子様たちをお預《あず》かりし、その成長を励《はげ》まし、見守るために努力を惜《お》しまないことをここにお誓《ちか》い申し上げます。

新入生のみなさん。真新しい制服《せいふく》の着心地《きごこち》はいかがでしょうか？　まだ体にあまりなじんでおらず、落ち着かないかもしれませんね。みなさんの中学校での生活は今始まったばかりです。

みなさんはついこの間まで小学生でした。でも今日からは瀬谷中学校の生徒です。もう小学生ではない、中学生であるという自覚を持って毎日を過《す》ごしてください。

中学の三年間は、子どもから大人への変わり目です。みなさんはこれから心も体もどんどん成長していきます。それにとまどわれることもあるでしょうし、これまで以上の努力も必要となるでしょう。

けれど大丈夫《だいじょうぶ》です。私《わたし》たち教職員《きょうしょくいん》がいます。二年生、三年生の先輩《せんぱい》たちがいます。何かわからないこと、悩《なや》み事《ごと》があれば、どうぞ相談してください。

私も、みなさんの親御《おやご》さんも、そうして大人になっていきました。

この三年間、もちろん、熱心に勉強をしていただきたいのですが、それ以上に大切なことがあります。

中学生というのは、自分はどんな大人になるのか、どういう目的に向かって進んでいくのかを考え始める時期なのだと私は思います。そのための基礎《きそ》として、人としてのあり方、つまり心構《こころがま》えを身につけていかなければなりません。

高い理想を持ち、そこに目標を定めて、恐《おそ》れずに挑戦《ちょうせん》してください。

すぐにあきらめないで、あせらずしっかりと進んでください。

相手の側に立って物事を考え、助け合い、励《はげ》まし合《あ》い、決していじめを許《ゆる》さない人間になってください。

クラブ活動、委員会活動、学校行事等に自信を持って、楽しみながら挑戦《ちょうせん》していってください。

二年生、三年生の先輩《せんぱい》たちと共に、瀬谷中学校生としての誇《ほこ》りを持って過《す》ごしてください。

みなさんの可能性《かのうせい》は無限《むげん》です。もう小学生ではなく、大人への階段《かいだん》を上り始めた中学生です。その先に明るい未来が輝《かがや》きますように、私《わたし》たちは最大限の努力をするとお誓《ちか》いします。ですからみなさんも、子ども時代の甘《あま》えを少しずつ、ゆっくりとでいいですから捨《す》てていき、大人に向かって進んでください。

ここで、保護者《ほごしゃ》のみなさま方へお願いがございます。

朝ご飯は、一日の活力源《かつりょくげん》です。お子さんがぎりぎりまで寝《ね》たがっても、必ず食べさせてあげてください。

個性《こせい》を伸《の》ばしてあげるためには、優《やさ》しく、そして厳《きび》しく付き合ってください。お子さんたちは親離《おやばな》れ、みなさまは子離れの時期が近づいてきています。子どもに任《まか》せられることは任せ、責任感《せきにんかん》を持たせてあげてください。それがお子さんの自信となり、個性を育んでいきます。子どもが個性《こせい》を持ち成長していく過程《かてい》で、みなさまがお子さんから学ぶことも多くなると思います。私《わたし》たち教職員《きょうしょくいん》も日々、生徒たちから学んでいます。

お互《たが》いに、教え、学び合う、そんな三年間を過《す》ごしていただけたらと思っています。どうぞ私たちにお力添《ちからぞ》えください。

最後に、新一年生のみなさん。保護者《ほごしゃ》の方々も、私ども教職員も、大人としてみなさんの成長のために惜《お》しみなく手をさしのべます。みなさんが、瀬谷中学校生として胸《むね》を張《は》って過ごしていけることを願い、お祝いの挨拶《あいさつ》とさせていただきます」

その時のオレがこんなに細かく校長の話を聞いていたわけではない。これも母親の撮《と》った「テツオの入学式・瀬谷中学校編《へん》」に記録されている。

現場《げんば》でぼうっと聞いていたオレは、式での話というのがかゆいのは、土矢小学校の卒業式でわかっていたから、結構素直《けっこうすなお》に聞くことができた。小学校の卒業式のより具体的な話もあって、それほど退屈《たいくつ》はしなかった。

けど、「高い理想に目標を定めて、恐《おそ》れずに挑戦《ちょうせん》してください」と言われても、オレには自信がない。

「元気に立ち上がり返事をしてくださったみなさん。その態度《たいど》は立派《りっぱ》であり、まさに中学生にふさわしい姿《すがた》であり」の部分は、さっきのオレの大失敗には当てはまらないやろう。どう考えてもあれは、立派ではなかったと思うぞ。

この校長は、中学生に、いやオレにとって、目標値《もくひょうち》を高く求めそうに思う。

オレは、この校長になるべく近づかないようにしようと決めた。

あとは来賓《らいひん》の祝辞や保護者《ほごしゃ》代表挨拶《あいさつ》を聞き流して、その次は在校生《ざいこうせい》代表による歓迎《かんげい》の言葉があった。

雪白《ゆきしろ》ほのみの送辞で小学校を追い出されたオレは、今度は瀬谷中学校に歓迎されるのや。

在校生代表は、三年生の足立優衣《あだちゆい》。もちろんオレはまったく知らない人や。

オレは、驚《おどろ》いた。オレから見たら足立は、さっき教室に案内してくれた加瀬以上に大人やった。

「あんなに寒かった冬も去り、今日は春の日差しが少しまぶしく感じられるほどです。

本日、瀬谷中学校生としての第一歩を踏《ふ》み出《だ》される新入生のみなさん、ご入学を心よりお祝い申し上げます。私《わたし》たち在校生は、みなさん新入生を歓迎いたします」

そこで足立はオレたちをざざ〜っとにらみつけ、違《ちが》う、笑顔《えがお》で見回してから続けた。

「制服《せいふく》はまだ少し大きくて落ち着かず、見知らぬ中学校でのこれからの毎日に、期待と不安でいっぱいだと思います。ちょうど二年前の私も同じような気持ちでした。先生や上級生は知らない人ばかりですし、何が待っているかもわからない。先生は優《やさ》しいだろうか？　上級生は親切だろうか？　勉強についていけるだろうか？　と、右も左もわからず不安を抱《いだ》いていました。でも、先生方や上級生方のおかげで、だんだんと中学に慣《な》れ親《した》しんでいくことができました。

ですから、どうぞご心配なさらないでください。先生方はお優しいです。上級生の私たちはみなさんを歓迎《かんげい》しています。もし、困《こま》ったことがあれば、どうぞ先生方や私たちに遠慮《えんりょ》なく訊《き》いてください。相談してください。みなさんが一日も早く瀬谷中学に慣れて、瀬谷中学校生として誇《ほこ》りを持って歩んでいかれるよう、私たちは精一杯《せいいっぱい》お手伝いをします。

小学校の頃《ころ》と違《ちが》って部活動も本格的《ほんかくてき》に始まり、勉強も今まで以上に難《むずか》しくなります。大変ですが、充実《じゅうじつ》した毎日が待っています。

みなさんは小学生として六年間を過《す》ごされましたが、中学校はたった三年です。あっという間に時間は過《す》ぎていきます。ですから一日一日を大切にしてください。

体育祭、文化祭を始め、みなさんが知らない行事もあるでしょうが、面倒《めんどう》だと思わないで、楽しんでください。経験《けいけん》こそ成長するための栄養です。どんどん積極的に参加してほしいと思います。

先生や上級生だけではなく、クラスメイトの中に友人もできてくるでしょう。それはきっと、みなさんの一生の宝物《たからもの》になるはずです。

たくさんの学びと経験がある三年間の中学校生活ですが、それをより良きものにするために、私《わたし》から一つ提案《ていあん》があります。なんでもいいですから、自分が夢中《むちゅう》で取り組めることを見つけてください。そうすれば、自分による、自分のための中学校生活が送れることと思います。

みなさんとの中学校生活を楽しみにしています。瀬谷中学の伝統《でんとう》を一緒《いっしょ》に守っていきましょう。

私たちはみなさんを歓迎《かんげい》します。

在校生《ざいこうせい》代表、足立優衣」

「先生方はお優《やさ》しいです」や、「精一杯《せいいっぱい》お手伝いをします」や、「経験《けいけん》こそ成長するための栄養です」はかゆかったけど、「自分が夢中《むちゅう》で取り組めることを見つけてください」は、ちょっといい感じやった。

小学生のオレには、夢中になれたことがどんだけあったかと考えると、カードゲーム？　違《ちが》うやろ。一輪車？　違うな。勉強？　まったく違うな。と思う。でも、足立の発言でオレは夢中で取り組めることを見つけたいと思った。夢中になってたら後藤らのことを気にせんと、この三年間を終えられるかもしれへん。

「新入生代表の言葉」という声がした。

え？　そんなんがあるんか。けど、オレたちの代表って誰《だれ》が決めたんや？　どんなやつがなれるんや。

ここで、アンリが立ち上がったら、アニメみたいな展開《てんかい》やけどなあと思ったが、もちろんそんなことは起こらなかった。

二組の最前列から立ち上がった男子が、壇上《だんじょう》に上がっていく。

「春風の吹《ふ》く季節。本日、私《わたし》たち百一名の新入生は、無事入学式を迎《むか》えることができました。

ご準備《じゅんび》いただいたみなさま、本当にありがとうございます。

小学校を卒業した時、いよいよ中学生になるのだという喜びでいっぱいでした」

オレは、自分は今、小学生か中学生かで悩《なや》んでいたけど……。

「ところが時間がたつにつれ、中学校はどんなところだろう？　中学生としてやっていけるだろうか？　友人はできるだろうか？　と、不安が生まれてきました。

新しい科目も心配ですし、新しい通学路まで心配になってきました。

しかし、新しい学びの場で新しい出会いがあり、初めての経験《けいけん》をたくさんできると思うと、心配はやがて楽しみに変わっていきました。

右も左もわからない、まだ未熟《みじゅく》な私《わたし》たちです。先生方、上級生のみなさま。どうぞご指導《しどう》ください。

私たちは、瀬谷中学校での三年間を、精一杯過《せいいっぱいす》ごしていきたいと思います。

よろしくお願いします。

新入生代表、明日葉颯太《あすはそうた》」

明日葉と違《ちが》ってオレは、まだ相当心配で、「新しい出会い」はできれば避《さ》けたい気分やけど、精一杯ってのは、いいかもしれない。さっきの足立の話の「夢中《むちゅう》で取り組めること」ってやつとも通じるし。

そんなことを考えていると、

「新入生起立!」って声がして、退場《たいじょう》の時間が来た。

オレたちは担任《たんにん》の瓜生直子を先頭に、その後ろをオレ、つまりオレが二組の先頭になって会場から送り出されることになった。来賓《らいひん》や保護者《ほごしゃ》が拍手《はくしゅ》をしている。保護者の中にいた母親がオレにさっと手を振《ふ》ったのが見えて、オレも腰《こし》の辺りでちょこっとだけ手をひらひらさせた。

入る時は前の入り口からやったけど、今度は後ろからや。後藤もアンリもオレの後ろを歩いているはず。振り返りたいけど、なんだか怖《こわ》くてできない。「そうか、やっぱりお前は成田か」と言った時の後藤のあの笑い方は、友好的な感じやったかというと、たぶんそんなことはない。どっちかといえば、おもしろがっていたような気がする。何を考えているのかわからない感じが、オレの弱い根性《こんじょう》を突《つつ》く。アンリに関しては、あ~と、ですね。アンリに関しては……。

オレたちはさっきの教室まで歩いた。歩く時、新しい下着がようやくオレの体になじんできたのがわかって、それだけはほっとした。

教室でまた同じ席に座《すわ》った。

全員が教室に入り、騒《さわ》がしくなる。同じ小学校から来た連中が盛《も》り上《あ》がっているのやろう。

オレは今、この一番前に座っているのがだんだん幸せに思えてきた。なんでか？　ここやったら、同じ横の列の連中以外はオレの背中《せなか》しか見えないから、オレがよそから来たのがばれる確率《かくりつ》が低い。うん。ここで良かった。

みんなの騒がしい声が急に消えた。なんでや？　顔を上げて振《ふ》り返《かえ》りたい気持ちを抑《おさ》えて前を向くと、瓜生が、自分の唇《くちびる》に右手の人差し指を当てたまま何も言わないで立っていた。

オレはその迫力《はくりょく》にびびって、ちょっと感動した。原田やと、「お前ら、うるさいぞ！　黙《だま》らんとへをこくぞ」なんて言うに違《ちが》いない場面や。オレたちは原田の大声のうるささで黙ったわけやけど、この瓜生直子は、唇に指を一本当てるだけで、みんなの口を閉《と》じさせた。

原田には悪いけど、先生としてのスキルは完全に負けやと思う。小学校の先生と、中学校の先生では世界観が違うからかもしれへんけど、この技《わざ》はすごいとオレは感心してしまった。今度、原田に会うことがあったら、絶対《ぜったい》教えてやろう。

オレは原田が恋《こい》しくなった。

「じゃあ、改めて自己紹介《じこしょうかい》します。私《わたし》の名前は瓜生直子。今日から一年間、みなさんの担任《たんにん》になります」

瓜生は、黒板の隅《すみ》に書いていた自分の名前を指さし、頭を下げた。それから、小さな顔が笑った。

「無事に入学式が終わって良かったわ。みなさんの名前を呼《よ》んでいる時、実はドキドキしていました。読み方を間違《まちが》えたらどうしよう。名前を飛ばしてしまったらどうしようって。だから、無事に終わって一番ほっとしているのは私《わたし》かもしれないわね。

入学式は特別な一日だから、お互《たが》い緊張《きんちょう》してしまったけれど、明日からは日常《にちじょう》生活に戻《もど》ります。とは言っても、みなさんにとっては初めての中学校生活ですので、いろいろとまどうことも多いでしょう。

私は中学生だった時があるし、九年間、中学校の教員していますから、わからないことがあったらどんどん質問《しつもん》してください。困《こま》ったことがあったら相談してください。担任《たんにん》はそのためにいます」

瓜生はいいやつかもしれないと思った。それと、後藤が怖《こわ》かった時は助けてもらおうかなと考えた。考えたけど、かなり情《なさ》けない発想なのはわかった。わかったけど、やっぱりそう考えてしまった。

「今からみなさんに配るのは、校章と、学級章と生徒手帳です。それらは、みなさんがどこに所属《しょぞく》しているかを表す大事なものですから大切にしてください」

そう言うと瓜生は大きな紙袋《かみぶくろ》を提《さ》げて、窓際《まどぎわ》の前の席から一人一人に、その中に入った小さな包みを配った。

オレの番が来て、にこりと笑った瓜生から包みを渡《わた》された時、なんかすごく、ほっとした。

「今日は疲《つか》れたと思います。ゆっくり休んで。明日からは、いよいよ中学校生活の本番がスタートです。三年間にどんな経験《けいけん》や体験をするのかを楽しみに登校してください。じゃあ、今日は解散《かいさん》します」

瓜生がそう言ったとたん、教室中が急に騒《さわ》がしくなった。新しい担任《たんにん》と話そうと瓜生に近づいてくるやつがたくさんいた。オレは靴《くつ》が入った袋《ふくろ》を持って、なるべく目立たないように、後ろを振《ふ》り返《かえ》らないで、瓜生の横を通りすぎて、前の扉《とびら》から廊下《ろうか》へ出た。

誰《だれ》もオレを呼《よ》び止《と》めなかった。そらそうや。誰もオレのことは知らないのやから。あ、後藤とアンリは知っているのか。けど、あいつらも小学校からの友達との話に忙《いそが》しいのやろう。

他の組はまだ話が続いているようで、廊下にはオレ一人。早足で下駄箱《げたばこ》のところまで行き、靴を履《は》き替《か》えて、グラウンドを、子どもを待っている親たちの間をすり抜《ぬ》けて、校門までダッシュした。

うん。確《たし》かに下着は柔《やわ》らかくなった。在校生《ざいこうせい》代表の足立が言っていた「経験こそ成長するための栄養です」やな。まっさらな下着も今日一日を経験して成長し、オレの体になじみ始めたのや。

ん？

そしたら、オレも瀬谷中になじんでいけるのかもしれないな。

「テツオ。何を走ってるの。走ってこけたら制服《せいふく》が破《やぶ》れる」

校門の前に、リアルなオレの母親がいた。


入学式の日の夕食は母親と二人やった。

父親は「仕事上の付き合い」の延長で飲みに行ったらしい。

「テツオの入学式のお祝いやのに、あの男はどう言うたと思う」

オレは別に聞きたかったわけではないが、

「どう言うたん？」と訊《き》いた。

「中学の入学式なんて、誰《だれ》でも経験《けいけん》することや。それをいちいち祝っていたらテツオが天狗《てんぐ》になる」

天狗って。

けど、そうして普段《ふだん》と同じように扱《あつか》ってくれる父親はいい親かもしれない。一方、祝ってくれる母親は母親で、いい親に違《ちが》いない。せやから、オレもきっといいやつだ。

オレって、やっぱり天狗《てんぐ》？

オレは、あのシロタアンリが同じクラスやということを報告《ほうこく》した。

「そら良かった。一人でも知っている人がいたら、テツオも安心やろ」

「そやな、そやなあ、安心やんなあ」

「せやから言うて、あんまり馴《な》れ馴《な》れしく近寄《ちかよ》ったらあかんで」

「なんでや？」

「シロタさんは女の子や。お前に近づかれたら迷惑《めいわく》かもしれんやろ」

オレ、迷惑なん？

悩《なや》むオレを無視《むし》して、母親が話を切《き》り替《か》えた。

「今夜は豪華《ごうか》にビーフカツレツや。敵《てき》に勝つ」

「え？」

「せやから、普通《ふつう》はビーフステーキとカツレツで、テキとカツにして、敵に勝つやけど、その予算はないから、合《あ》わせ技《わざ》でビーフカツレツ。カツレツは、ポークのほうがおいしいけど、そこはがまんして」

オレには、この人が何をおっしゃっているのかわかりませんでしたので、質問《しつもん》をしました。

「敵に勝つって、誰《だれ》が敵なん？」

ひょっとして母親は、オレが土矢中やなくて瀬谷中に行くことになって、周りはみんな敵《てき》だらけになると判断《はんだん》しているのやろうか？　当たらないとも言えないだけに、せめて今日は、今日だけは、そういう話題はオレから遠ざけてほしかった。それとも母親はオレに、父親みたいにすぐに逃亡《とうぼう》する男になってほしくないから、厳《きび》しくしようとしているのやろうか？

「あんた自身や」

え？

「中学生になったら、どんどん大きくなって、親にも腹《はら》が立つことがぎょうさん出てくる。先生や学校にも不満が出てくる。その不満は、正しい時も間違《まちが》っている時もある。けど、心がざわついて、イライラしてくるのは、それでええ。

それでええ言うても、私《わたし》は私が納得《なっとく》いかない時は、これまでどおりテツオを扱《あつか》う。ただし、だんだん子ども扱いをしないようになるから、今までより厳《きび》しくなるし、尊重《そんちょう》もする。先生方も、そうやろうと思う。みんな、中学時代を経験《けいけん》しているからな」

「あ、瓜生と同じことを言うてる」

「瓜生って、今度のテツオの担任《たんにん》の先生か」

「そうや。って！」

母親の平手がオレの頭に炸裂《さくれつ》した。

「瓜生やなくて、瓜生先生。これから世話してくれる人を呼《よ》び捨《す》てにするんやない。そのぶんやときっと、原田先生も呼び捨てにしてたのやろうけど、それは小学生やったし、終わったことやから許《ゆる》す。けど、これからはあかん。中学生にもなって礼儀《れいぎ》知《し》らずは許さん。私《わたし》も中学生として尊重《そんちょう》するから、軽々しく叩《たた》くのは今ので最後にする」

母親、かっこええやん。オレの中学入学をきっかけに母親も成長したんか？

「ああ、それからな。入学式の前に、お前に渡《わた》すものを忘《わす》れていたって言うたやろ、実はもう一つ忘れていたわ」

母親は、今日の入学式に持っていったバッグを開けて、パンフレットをオレに差し出した。

『入学のしおり』と書かれている。

「子どもに何をそろえておくかとか、保護者《ほごしゃ》の私にも必要なことが書いてあるから自分用に使ってたけど、生徒用のお知らせも書いてある。こんなん、保護者用と生徒用に分けたらええのになあ。それやとお金が掛《か》かるかなあ。それとも親子は一心同体ってことかなあ。入学式のことも書いてあるけど、もう遅《おそ》いなあ」

オレは黙《だま》って「入学のしおり」を受け取った。

「保護者、保護者って、自分で口に出して言うてみると、とうさんも私も、何か偉《えら》い人みたいでうれしいわ。テツオを保護してるねんもんなあ、そう思うやろ」

母親は、あまり成長してないのかもしれへん。

夕食のあと、風呂《ふろ》に入ってからオレは自分の部屋に戻《もど》って、ベッドに倒《たお》れ込《こ》んだ。しばらくうつぶせのまま、母親は中学生になったオレを「軽々しく」やなくこれからは「重々しく叩《たた》く」のやろうかと考えたが、それはまあないやろう。それより、「中学生として尊重《そんちょう》する」というのが、背中《せなか》にドカンと乗ってきた感じがした。

そうか、そうやな。今日から完全に中学生になったオレは、尊重されてしまうのや。ゴロンと仰向《あおむ》けになって天井《てんじょう》を眺《なが》め、大きく息を吸《す》った。横を向いたらクローゼットが目に入った。あの中には……。

「しょうがないやろ。もう、中学生じゃ」

そう口に出してオレはベッドから体を起こした。机《つくえ》に放ってあった制服《せいふく》を手に取る。ポケットの中に入れておいた、瓜生が渡《わた》してくれた小さな包みを開けた。

二つのバッジと一冊《さつ》の手帳。

手帳の表紙に黄色で書かれた「瀬谷中学校」の文字が目に入るけど、それがオレの生徒手帳であると受け入れたくない気持ちもある。

バッジは、一つは校章。金色のSの字に白で「中」の字が重なっている。土矢中学校やと、どんなんやろ？「ど」やからDやな。Dに「中」か？

オレはゴミ箱から昨日コンビニで買った白あんパンのレシートを取って、その裏《うら》にDと中を書いた。

なんかぶさいくや。良かったな、瀬谷中学校で。良かった、良かった。

もう一個《こ》が学級章。黒地に白い文字で「1−2」と書いてある。一年二組や。

この二つを制服《せいふく》に付けて、明日からオレは瀬谷中学校に通う。たぶん。いや、きっと。いや、絶対《ぜったい》に、間違《まちが》いなく。

ん？

この二つのバッジ、制服のどこに付けるんや？　瓜生は教えてくれなかったぞ。

そうや、「入学のしおり」。

オレは、もう今日はこれを読みたくなかったけど、うまい具合に制服の絵が描《えが》かれたページがあって、そこに校章と学級章を付ける位置と、付け方が書いてあった。

クローゼットを開けてハンガーを取り出し、挟《はさ》むところに折り目を合わせてズボンをつるし、制服を掛《か》けた。フックに指を引っかけて持ってみると、重い。制服って重いのや。これからこれを毎日着ていくのやな。

好きにならんとなあ。

オレは制服に鼻を当てて匂《にお》いをかいだ。まだ新しいからか、墨《すみ》みたいな香《かお》りがした。

ハンガーをクローゼットに掛《か》けた。これまでランドセルを掛けていた机《つくえ》の横にあるフックがさみしそうやった。

「中学生になった～らあ、中学生になった～らあ。友達百人作るんだ」と歌ってみた。


「テツオ、楽しそうやなあ。電話やで」

母親の声がした。

ドアを開けると、

「中学生は楽しいか？」と、しつこいので、

「ああ。めっちゃ、楽しいわ」と返事をして子機を受け取り、ドアを閉《し》めた。

「はい？」

『成田、瀬谷中が楽しいのか？』

小谷や。

オレはベッドに腰《こし》を下ろした。

「まだ、わからへんな」

『今、「めっちゃ、楽しいわ」と聞こえたのは、オレの耳がおかしいのか？』

「そうや。それはこったんの耳が絶対《ぜったい》におかしいのや。そっちはどうや。今日は入学式やったやろ」

『まあな。ああいうイベントはやっぱり苦手や。なくてもええとオレは思うで。入学式なんかなくても中学生にはなれるのやしな』

ああ、うれしい。これが小谷の意見や。小谷の感想や。

「けど、そういう式がないと、けじめが付かないのと違《ちが》うか？」

『あほか。けじめとか、自分でも本当は思ってないことを言うてしまうのが成田の欠点やろうが』

わ、「欠点やろう」やなく「欠点やろうが」になっている。この「が」が付くと、それは小谷が怒《おこ》り始《はじ》めたサインや。

『ええか、成田。もしあれがオレらのためやとすると、オレらはもっと気持ちがええはずやろうが』

オレは電話口で黙《だま》ってうなずいた。まるでそれが見えたように小谷が続けた。

『な、けど、オレらは苦手や。卒業式の時のように、大人の話もかなり退屈《たいくつ》やし。せやからな、成田。あれはオレらのためにあるのやないとオレは思うで』

「え？」

『親のためや。それからオレらを生徒として迎《むか》える学校の先生のため。オレらはここまで育ててくれておおきに。オレらを迎えてくれておおきにという感謝《かんしゃ》のために座《すわ》っている』

すごい。そんなふうに考えたことはなかった。ひょっとしたら小谷は、菱田より頭ええのと違《ちが》うやろうか？

「オレらための祝いと違うのか？」

『一応《いちおう》祝いということになっている。そして、みんなはほんまにそう思って準備《じゅんび》して、話をしてくれているのやと思う。けどな成田。オレら拍手《はくしゅ》されながら会場に入っていって、ええ話やなあとは思えない話を聞かされるのは、やっぱりがまんしないと無理やねん。ということは、みんなはオレらのためにしてくれているつもりなんやけど、実は自分らのためにしているのと違うやろか？　そしてオレらはそんなみんなに感謝してがまんしている。今日の入学式の間、そんなことばっかり考えてたんや』

オレは、子機を耳に当てながら、めっちゃ感動していた。小谷が話している内容《ないよう》もすごいと思うけど、これまでの小谷はそんなこと考えるようなやつには見えなかった。いや、オレには見えてなかった。

けんか好きで、おもろいボケとおもろいツッコミをするやつ。つまり小谷は「ちょっと怖《こわ》くておもろいやつ」であり、そこに「ええやつ」がにじみ出ているキャラやった。「考える」は菱田が担当《たんとう》していた。そして、オレはその真ん中でうろちょろしている係。そんなすてきな三人組でやってきたんや。

けど、それはもうなくなったのかもしれん。小谷と菱田とオレとの関係が変わってしまったのかもしれん。せやから小谷は今、オレの知らなかった小谷の顔を見せている。見せているというても、電話やから顔は見えへんけどな。

『成田、何をぼけーっとしてるのや』

「こったん、見えるのか?」

『見えなくてもわかる。この妙《みょう》な間《ま》は、お前がオレや菱田を残したまま、自分の世界に入ってしまった時の間や。まあええわ。それより、瀬谷中の様子はどうや?』

オレは、今日あったこと、後藤が同じクラスになって、さっそくオレに気づいたことを話した。

『危険《きけん》地帯のど真ん中に飛《と》び込《こ》んだ感じやなあ。明日からの展開《てんかい》が楽しみや』

「こったん、冷たいぞ」

『まあ、今から悩《なや》んでもしかたがないやろ。それより、菱田や。このあとあいつに電話してやってほしい』

「ひっしゃん、どうかした？」

『あいつな、新入生代表で挨拶《あいさつ》したのや』

え？　菱田すごいやん。土矢小学校では卒業生代表で答辞を読んで、土矢中学校では新入生代表か。賢《かしこ》い子の見本みたいなやつやん。

『今の妙《みょう》な間《ま》は、「ひっしゃんはすごい！」と興奮《こうふん》しているからやろうと思うけどな』

オレは黙《だま》ったままうなずいた。小谷に見えないのはわかっているけど。

『オレもすごいと思うねん。けどな。オレ、菱田とクラスが分かれてしまったから、あ、あいつは一組で、オレ、三組。成田は？』

返事をしようとすると、

『あ、何組でも関係ないな。違《ちが》う中学校やもん』と、オレを突《つ》き放《はな》す。

『だから、一組になった小林《こばやし》から聞いたのやけど、入学式が終わって菱田はクラスメイトと一組に戻《もど》った。担任《たんにん》からのいろんな話があって解散《かいさん》になった時、他の小学校からの連中が菱田にからんだ』

「他の小学校って？」

『成田、あのな、中学校に来るのは一つの小学校だけやないのを理解しているか？　瀬谷中に来ている小学校が南谷《なんや》小以外にどこがあるかは知らんけど、土矢中の場合はオレらのところ以外に、御館《おかん》小学校と御屯《おとん》小学校からも来ている。菱田はその御館と御屯から来た連中に、「なんでお前が代表なんじゃ」とからまれたそうや』

「けど、それはひっしゃんの成績《せいせき》が一番良かったからやないのか？」

『成田はそう思うやろ』

「こったんは違《ちが》うのか？」

『いや、実はオレも最初はそう思うてた。けど、ようよう考えてみたら、菱田が一番かどうかはわからない』

「なんで？」

『確《たし》かに菱田は土矢小学校では一番やったのかもしれない。本当のところは知らないけどな。でも、さっき言うたように土矢中学校には、御館小学校、御屯小学校からも来ている。そこにも一番のやつがいるはずや』

「あ、そうか」

『せやから、「なんでお前が代表なんじゃ」というのは、菱田のことだけやなくて、なんで土矢小学校から代表が選ばれたんやという意味でもあるんやと、オレは思う』

小谷、やっぱりキャラ変わった。分析《ぶんせき》なんかしている。

今は菱田を心配しないといかんのはわかっているけど、オレはそんなことも気に掛《か》かった。

「それで、ひっしゃんは？」

『菱田は「名簿《めいぼ》の最初でないのは明らかやから、小学校で答辞を読んだ者の中からか、成績《せいせき》上位者からかわからないけれど、おそらく抽選《ちゅうせん》だと思うな」って返事をした』

うん。これは菱田や。キャラは変わっていない。

「まともな返事やんか」

『まあそうやな。それでやめておいたら良かったのに、菱田は続けたそうや。「あ、学校ごとの持ち回りの可能性《かのうせい》もある。たまたま今年は土矢小学校から選ばれることになっていて、オレが選ばれた」』

「わ、それって、まずい答えやん。少なくとも自分は土矢小学校で一番やって宣言《せんげん》してるようなものやから」

『やろ。バトルにはならなかったけど、いきなりみんなから引かれてしまったみたいや』

「心配やなあ」

『せやから、電話をしてやれと言うてるのや。頼《たの》むな』と言って、小谷はいきなり電話を切った。

オレは、子機を眺《なが》めながら、菱田もキャラが変わってしもうたのやろうかと思った。三人バラバラになってしまったから？

ん？　そしたらオレも変わったのか？

オレは菱田の家に電話を掛《か》けた。

『菱田です』

「ひっしゃん、オレやテツオ」

『瀬谷中学校、どんな感じ？』

オレはさっき小谷に話したのと同じ内容《ないよう》を言った。

『後藤がどう出るかは、明日にならないとわからへんな。案外大丈夫《だいじょうぶ》かもしれない』

やっぱり、菱田は小谷と違《ちが》う。オレをほっとさせてくれるやん。

「そっちはどうや？」

ちょっとだけ沈黙《ちんもく》があった。

『円グラフが、ややこしいな』

「なんや、その円グラフいうのは。その言い方のほうがややこしいぞ」

『円グラフの中に土矢小と、御館小と、御屯小があって、その比率《ひりつ》を争っているんや』

オレは頭の中に土矢を赤に、御館を青に、御屯を黄色にした円グラフを思《おも》い浮《う》かべた。ちょうど三分の一ずつに分かれている。それが押《お》したり押されたりして大きさが変わる。

「出身小学校同士の対立やな」

『同じ土矢中やのにな。なんだか、しょうもない話やから力が抜《ぬ》けてしまう。こんなことに時間を潰《つぶ》されるのはたまらんから、孤立《こりつ》しとこうと思うんや。テツオの考えはどうや？』

「孤立したら危《あぶ》ないやろ。いじめられる可能性《かのうせい》が高い」

『孤立といっても、三組には小谷もおるし。あくまで一組で孤立や。静かに、おとなしくしておこうということ』

「ひっしゃん、すごい後ろ向きやん」

『小学生の時、結構《けっこう》前向きやったしな、今度はその方向で生きてみようかと。あかんかなあ、テツオ』

「あかんとは言わないけど、ひっしゃんらしいないで」

と言いながらオレは、小谷、菱田とのすてきな三人組を解散《かいさん》してしまった今、三人ともちょっとずつ変わっていくのかなと思った。

「すまん。今の言葉取り消し。ひっしゃんの思うとおりしたらええ。三組に小谷がいるけど、二組にはオレもいる」

『テツオ、二組か』

「ああ。隣《となり》の中学校やけどな」

オレは、ギャハハと笑ってみせた。

『今度会おうな。そっちもいろいろ慣《な》れるのに大変やろうから、ゴールデンウィーク辺りか』

ずいぶん先やな、もっと早く二人に会いたいなと、実は思ったけど、堪《こら》えた。

「せやな。その辺りやな」

電話を切ってからオレは子機を机《つくえ》の上に置いて、しばらくそれを眺《なが》めていた。

今日はいろいろあった。いろいろありすぎた。中学生になる日、入学式の日だけで、これだけいろいろあると、これからいったいどうなるのやろう？

3・成田《なりた》、中学校が始まる。

次の日。

オレは午前五時半に目が覚めてしまった。やっぱり緊張《きんちょう》しているのかもしれへん。

クローゼットを開けて、制服《せいふく》の上下とワイシャツと、下に着るTシャツを取り出して、ベッドの上に置いた。靴下《くつした》を忘《わす》れていたので、パンツの入っている引き出しから取り出した。

白いTシャツを着た。胸《むね》にはI♥NYの赤い文字。以前、父親に訊《き》いたら、「アイ・ラブ・ニューヨークの略《りゃく》や」と教えてくれた。

その上にワイシャツを着て、黒いズボンを穿《は》いて、靴下も穿いて、それから着る前にもう一度、制服をベッドの上に置いて眺《なが》めた。

昨日の夜に「入学のしおり」を見て付けた、詰《つ》め襟《えり》左側に学級章と右側に校章。これでオレは、「瀬谷《せや》中学校一年二組」の男子になる。

制服に袖《そで》を通して、金色のボタンを上から一個《こ》ずつ留《と》めていった。詰め襟のホックがなかなかはめられへん。鏡がないと無理なんか。

意地になって、何度も何度もチャレンジした。練習というのは偉大《いだい》で、十分もするとオレは簡単《かんたん》にホックをはめられるようになった。

そのまま首をぐるぐる回す。

詰め襟の内側に留められているプラスチックの白いカラーがうっとうしい。これに慣《な》れることはあるんやろうか。

　あるんやろうな、きっと。


「テツオ、テツオ」

　母親の声が聞こえる。

　それからほっぺたを軽く叩《たた》く感じがして目が覚めた。

「あんた、制服《せいふく》を着たまま寝《ね》たのか？」

　朝早く起きてしまったオレは、制服を着てからの記憶《きおく》がない。

　オレは足だけ床《ゆか》に下ろして仰向《あおむ》けになった体をあわてて起こした。

「あ、いや、これは」

「中学生になれてうれしい気持ちはわかるけどな」

　母親がニコニコして、やがてそれはにやにやに変わった。

「あ、いや、これは」

「制服着たまま寝たら、ズボンにしわができてしまうやろ」

「ごめん」

「別にあやまらんでもいい。もう中学生やから、ちゃんと、自分で管理しいやということや」

「あ、そうなん」

「ああ、そうや。朝ご飯の時に制服《せいふく》を汚《よご》したらあかんから、いったん着替《きか》えて下りておいで」

静かに部屋を出ていく母親。

黙《だま》ってそれを見送るオレ、テツオ。

ズボンは、決してしわができていなかったけど、確《たし》かにパリッとした新品という感じではない。

ズボンは替え用と二本セットやったから、あとでもう一本のほうを穿《は》こう。とにかく今は普《ふ》段着《だんぎ》に着替えるのや。パジャマでもええか。

オレは、布団《ふとん》の中に押《お》し込《こ》んでいたパジャマを取り出して、まず制服のズボンを脱《ぬ》いだ。

「あ、テツオ、今日は新品のパンツはないしな」

ノックもなしに母親がドアを開けて、パンツだけのオレを見つめてから、ドアを閉《し》めた。


父親と母親が仕事に出かける前にオレは家を出た。

通学カバンは上履《うわば》きしか入ってないからごっつう軽かった。教科書はたぶん今日、授業《じゅぎょう》の時に配られるのやと思う。

カバンは学校指定のでなくてもいいと言われていたけど母親が、「面倒《めんどう》くさいから、指定のにしとき。いや、指定のやと高いかもしれんなあ」と一日半悩《なや》み、結局面倒くさいが勝って、指定のになった。指定のって言うてもカバンの横に瀬谷中学校と書かれているだけやけどな。

オレは今日初めて、たった一人で瀬谷中学校に通学する。大事なのはここや。

集団登校《しゅうだん》がない中学校は、好き勝手に学校へ向かえばいいだけやけど、一戸建てやマンションから出てくる中学生で、一人だけで歩いているのはやはり少ない。みんな三月までは一緒《いっしょ》の小学校に集団登校していたから、その流れのままなんやろう。何を話しながら歩いているのやろう？　小学校からの話題の続きかな？　それとも新しく通う中学のことかな？

？

けど、集団登校は気の合う者同士で群《む》れて歩いていたのやない。あれは地区ごとに決まっていただけや。

せやから、ちょっとむかつくやつとでも、下級生の面倒を見ながら一緒に仲良く歩いていたもんや。

けど、中学生になって、集団登校から解放《かいほう》された今、一緒に登校するメンバーは変わったのやろうか？　一緒に歩いているのは友達とか、気の合う仲間だけなんやろうか？

オレは改めて、中学生とは、もう集団登校をせんでもええ年齢《ねんれい》なんやなと思い、それは、好きなやつと一緒に登下校してもええということなんやなと思い、それは結構《けっこう》すごい変化かもしれないと思った。

でも、オレはそうした変化とは関係ない立ち位置にいる。こっちに引《ひ》っ越《こ》してからのオレは集団《しゅうだん》登校はなくなって、バス通学で「お迎《むか》え、ご苦労」と小谷《こたに》らに言ってたもんな。オレはずっと早くから集団登校を卒業している。自慢《じまん》することでもないけど、一人で通学するのに慣《な》れているはずや。

な、そうやろ。

「中学生の登校姿《とうこうすがた》を観察しているテツオを観察している私《わたし》」

突然《とつぜん》後ろから声が聞こえて、オレはびびった。自分の背中《せなか》がビクッとけいれんしたのがわかった。後ろからもそれはよく見えていたはずや。

振《ふ》り返《かえ》らなくても、この声は覚えている。高橋洋装店《たかはしようそうてん》で聞いた声や。

オレがその次に取った行動は、無視《むし》して歩き出すことやった。本当は振り返って、なんか言わないとアカンのはわかっていたけど、できなかった。

後ろで足音がしている。もしかしたらアンリが、オレをつけているのかもしれない。いや、つけているのやないな。オレが中学校へ登校しているのと同じように、アンリも中学校へ向かっているだけや。だから、気にしなくてええ。さっきの言葉に返事をしなかったのは悪かったなあとは思うけど、オレの勘《かん》は、アンリとは関わらないほうがええと赤ランプを点滅《てんめつ》させている。母親は「シロタさんは女の子や。お前に近づかれたら迷惑《めいわく》かもしれんやろ」と言うてたのに、なんでそっちから近づいてくるんや。

「テツオって、瀬谷小学校では見かけなかったから、転校生か？」

アンリがオレの横に並《なら》んだ。

オレは前を向いたまま返事をした。

「他の小学校かもしれんやろ」

「それはない。あんたの家はここの学区や」

「お前はストーカーか？」

「ストーカーやったら、うれしいんか？」

オレは立ち止まって、アンリの顔を見た。そや、この顔や。唇《くちびる》の右上にホクロのある、この顔がシロタアンリや。

「あのなあ、オレは今日から、いや、昨日からか。昨日からお前のクラスメイトになった。それだけや」

「わかった。そしたら先に行くわ」

同じ日に高橋洋装店《ようそうてん》で制服《せいふく》を着たアンリが去っていく。去っていくけど、同じ教室ですぐに会える。

オレの頭の中では、高橋洋装店の隣《となり》のブースで制服《せいふく》に着替《きか》えているアンリの姿《すがた》が浮《う》かんでドキドキし、そのあとすぐに今会ったアンリの姿を思い出してドキドキが止まる。これは、ややこしい気持ちや。こういうややこしい気持ちも、中学生になったシルシか。

校門の前でオレはまた立ち止まった。昨日以上に緊張《きんちょう》している。文句《もんく》はたれるが、やっぱり母親がいたら心強いなと思った。すまん、母親。

オレの横を、楽しそうに話をしながらみんなが通りすぎていく。もちろんアンリが待っていてくれるわけはない。

オレの心はまだ、ひょっとしてこのまま戻《もど》って土矢《どや》中学校へ行ったら受け入れてもらえるのと違《ちが》うやろうかなんてアホなことを考えていた。

自分でも愚《おろ》かだとは思うけど、考えてしまうものはしかたがない。

この門をくぐったらもう二度とチャンスはなく、オレは完全に瀬谷中学生になってしまう。

……オレ、しょうもないことを考えてる。

「オレは瀬谷中学生や」

そう口に出してから、オレは一歩前へ進んだ。

本館の入り口では、先生か事務《じむ》の人かはわからない人が立っていて、「一年生は、ここの下駄箱《げたばこ》を使うこと。クラスごとに並《なら》んでいて名前も書いてあるから、自分のを見つけたらそこで上履《うわば》きと履《は》き替《か》える。なんて簡単《かんたん》な作業やろう」と連呼《れんこ》していた。

最初に目に入ったのが田部《たべ》で、その下に富樫《とがし》、中尾《なかお》ときて、一番下に成田《なりた》（鉄《てつ》）を見つけた。

？　成田（鉄）？

オレは隣《となり》の列の一番上を見た。成田（信）があった。

成田が二人いるのや。

ということは、オレともう一人の成田は、みんなから成田とは呼《よ》ばれず、必ず名前かニックネームで呼ばれるわけやな。

下駄箱の一番上の段《だん》を眺《なが》めていたオレの目は成田（信）から田部へと流れ、そのもう一つ隣《となり》に後藤《ごとう》を見つけた。

あわてたオレは、なんであわてなあかんねんと自分にツッコミを入れる余裕《よゆう》もなく、一番下にある成田（鉄）に履いてきたスニーカーを入れて、持ってきた上履きに替えた。上履きのつま先には、オレの字で「成田」。「（鉄）」と書き加えなあかんな。もう書く場所がないけど。

昨日の今日やから教室はわかっている。後ろ側の扉《とびら》からそうっと入ったオレ。今度こそ一番後ろで目立たなくしておこうと思う。

黒板を見るとそこには、

「それぞれの氏名が貼《は》ってある机《つくえ》に座《すわ》ってください。担任《たんにん》：瓜生直子《うりゅうなおこ》」と書いてあった。

オレは机の右上に貼ってある紙を見ながら自分の名前を探《さが》した。もうすでに座っている連中が、「こいつ誰《だれ》や」という目でオレを見ている。いや、見ているような気がするオレがいる。

机は六×《かける》六に並《なら》んでいる。

いちいち見て回ったらええねんけど、うろうろするのもちょっと怖《こわ》い。

どこや、オレの机。

どこにあるねん、おーい、オレの机。机は学校の備品《びひん》やけど、とりあえずはオレの机や。

どこやねん。

オレの視界《しかい》に、手招《てまね》きしているアンリの姿《すがた》が入ってきた。なんの用や？　頼《たの》むからオレにかまうな、アンリ。

オレは、だんだんあせってきた。ひょっとして、あの瓜生直子という担任は、昨日誰がどこに座っていたかを覚えている記憶力《きおくりょく》の持ち主で、オレの席は真ん前の左側やろうか？

けど、そこにオレの名前はなかった。

ない。オレの机《つくえ》がない。

またオレの視界《しかい》にアンリが入ってきた。今度は自分の後ろの机をさかんに指さしている。

まさか。嘘《うそ》やろ。

オレの現実空間《げんじつくうかん》に、そんなドラマは必要ないぞ。

それでもオレは、黒板の前を通って、窓際《まどぎわ》の列、アンリの前まで近づいた。

確《たし》かにそこに、アンリの後ろの机、右上に貼《は》られた紙には、こう書いてあった。

成田鉄男《てつお》。

「縁《えん》があるなあ、テツオ」

席が見つかってほっとしたオレは素直《すなお》にアンリにあやまった。

「ごめん、せっかく席を教えてくれていたのに、無視して」

「気にせんでええよ。女に気軽に声掛《か》けられて、男友達にからかわれたら嫌《いや》やなあと思ったのかもしれないしな」

オレ、男友達、この教室にはいないんですけど。

「いや、そんなことないけど」

「アンリ、知り合いか？　瀬谷小学校にはいなかった男子やけど」

オレの隣《となり》の席に座《すわ》っていた目がくるくる動く女子が言った。机の名前は残念ながら見えない。

「いなかった。いなかった。他から来たと思うけど、白状《はくじょう》しないねん。名前は成田鉄男やけどな」

「そんなん、そこに書いてある」

くるくる女子がオレの机を指さした。

「それを見る以前から、代田杏里《しろたあんり》は、この子が成田鉄男って名前なのは知っているんやなあ、これがあ」

その「が」を「があ」と伸《の》ばすのはやめてほしい。

「アンリ、訳《わけ》あり男子か」

「簡単《かんたん》に言えば、隣《となり》同士のフィッテングルームで一緒《いっしょ》に着替《きが》えをした仲。そうやなあ、テツオ」

頼《たの》むから、その「な」を「なあ」と伸ばすのをやめてほしい。

「げ、壁《かべ》かカーテン一枚離《まいはな》れただけで、下着姿《したぎすがた》になった仲ってこと?」

「事実はそうなるなあ。ね、テツオ」

下着姿のアンリを思《おも》い浮《う》かべなかったわけでは決してないテツオであるオレは、自分の顔がめっちゃ真っ赤になっていくのを感じた。

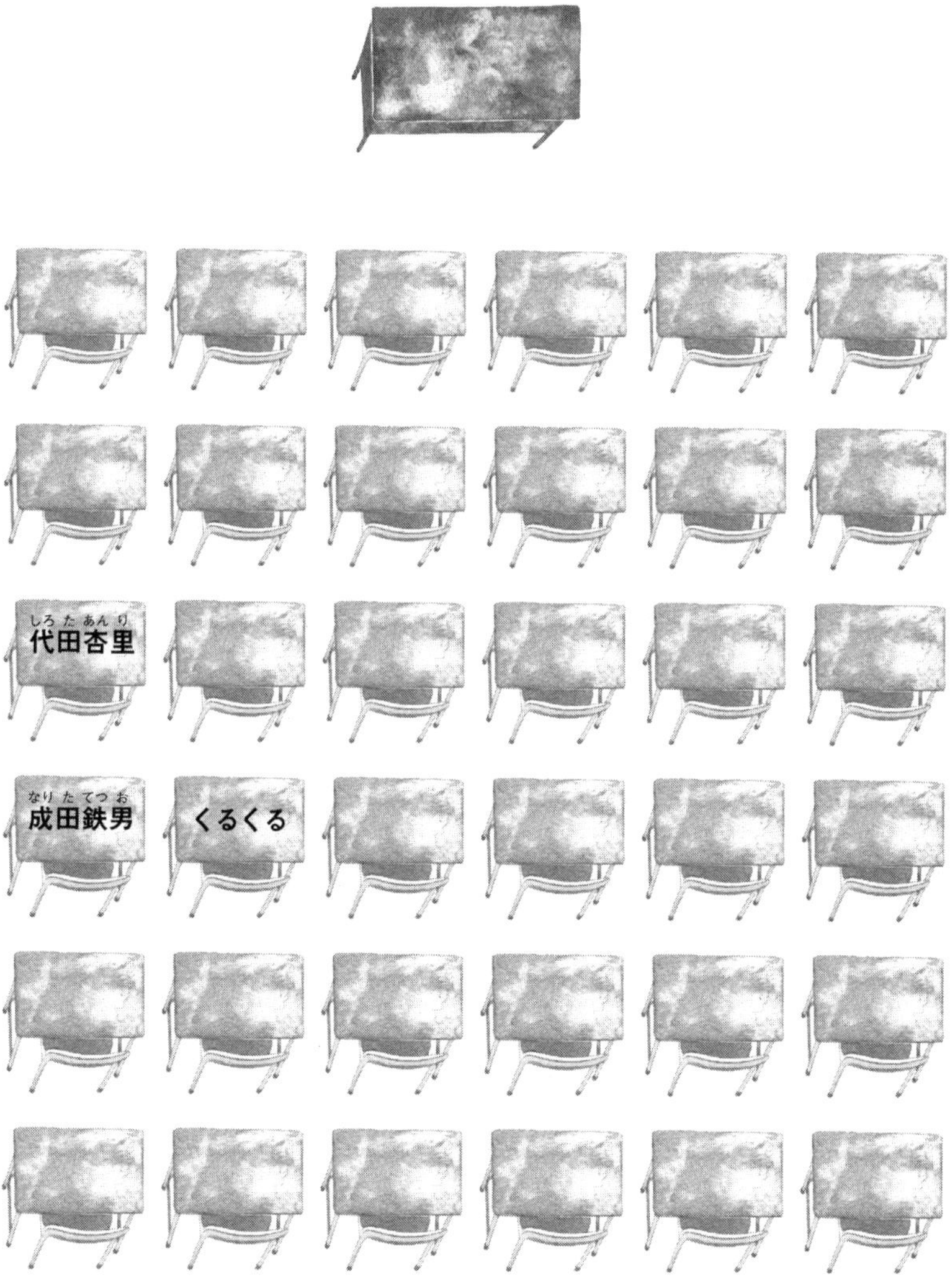
代田杏里《しろたあんり》
成田鉄男《なりたてつお》
くるくる

これって、ものすごい危機《きき》やんか。

そこに入ってきた瓜生直子が、オレには天使に見えた。

瓜生が来たのでアンリもくるくるも、オレも、生徒全員があわてて席に着いた、と思ったら、一人机《つくえ》の上に座《すわ》って他のやつと話している男がいた。後藤やった。

瓜生は後藤に注意をせずに黒板を背《せ》にして立っていた。教室中がゆっくりと静かになっていく。それに気づいた後藤も自分の席にあわてて座《すわ》った。

「はい、では中学校最初のショートホームルームです。まあ昨日もちょっと話したから、初めてってわけでもないけど、今日は『入学のしおり』にも書いてあったように、これから在校生《せい》、つまり新二年生、新三年生と対面式を行います」

え、そんなこと知らない。オレは今日から授業《じゅぎょう》やと思ってた。

そうか、「入学のしおり」をちゃんと読んでなかったからや。けど、昨日急に母親から渡《わた》されたもんな、半分は母親のせいや。

……ああ、半分はオレのせいや。

「それが終わったら、部活動の紹介《しょうかい》があります。そのあと校内を簡単《かんたん》に案内します。それから、教科書を受け取ってください」

「教科書がなかったら勉強せんでええのになあ」

後藤がにやにやと笑いながら言った。

「何か意見がある時は手を上げてください、後藤ミチオさん」

「オレの名前もう覚えたんか？」

「今の発言で、しっかりと顔と名前が一致《いっち》しました」

「ならさっき、なんでオレの名前を言えたんや？」

瓜生は、

「それは、座席表《ざせきひょう》を作ってあるからね。そこに座《すわ》っているのは後藤さん」と笑った。それから、

「後藤さん、質問《しつもん》の時は手を上げてくださいね」

瓜生はにこりと笑った。後藤が素直《すなお》にうなずいた。

「では、廊下《ろうか》に出て、整列し、講堂《こうどう》まで移動《いどう》します。廊下での整列は、自分たちでうまくしなさい」

みんな、ぞろぞろ教室を出ていく。オレはできるだけ目立たないように、最後に廊下に出て、一番後ろに並《なら》んだ。

対面式は、まあ、対面式やった。

在校生《ざいこうせい》代表の歓迎《かんげい》の言葉と、新入生代表の挨拶《あいさつ》は昨日の入学式で済《す》んでいたから、それはなし。

講堂《こうどう》で向かい合わせになって礼をした。

オレは後ろのほうから覗《のぞ》いていたのやけど、なんだか、にらみつけている人もいて、結構怖《けっこうこわ》かった。たった一、二歳《さい》年上なだけやのに、やっぱり上級生はごっつう大きく見えた。ということは、オレも一、二年したらこんな感じになるんかいなと思った。

挨拶《あいさつ》が終わってから、オレたちは舞台《ぶたい》に向かった席に座《すわ》らされた。それから、いろんな部活の部員が舞台に上がって宣伝《せんでん》を始めた。

野球部は、素振《すぶ》りのコント。サッカー部は熱血メッセージ。バレーボール部は男女で仲の良さを強調。卓球部《たっきゅうぶ》は素振りやったけどコントやなくてマジ。その速さに驚《おどろ》いた。バスケットボール部はユニホームで決めて漫才《まんざい》。陸上部はこれまでの実績《じっせき》をアピール。柔道部《じゅうどうぶ》は畳《たたみ》を敷《し》いて技《わざ》を見せてくれた。水泳部は、作ってきたビデオをスクリーンに映《うつ》して説明。そらそうやな。水着やと寒すぎる。ダンス部は、踊《おど》りがかっこよすぎて、女子がわ〜わ〜騒《さわ》いでいた。文芸部は詩を朗読《ろうどく》。美術部《びじゅつぶ》は真っ白な模造紙《もぞうし》の服を着た四人がお互《たが》いの服に絵を描《か》いた。演劇《えんげき》部《ぶ》は完全に漫才。パソコン部はこれから生きていくにはパソコンの知識《ちしき》は役に立つと熱弁《ねっべん》。そして、科学部。

各部活の時間割《わ》り当《あ》ては五分までで、次から次へと上がって下りて、早口の説明やコントの連続に、オレは目が回りそうになった。この人たちのパワーというか、元気さはなんや？　好きなことをしているからか？　単にうるさいキャラなだけか？　いや、必死なんか？

昨日から緊張《きんちょう》しっぱなしやったからか、彼《かれ》らの陽気さに、正直オレは疲《つか》れた。けど、こんだけ、いろんな部活動があるということは、授業《じゅぎょう》以外に楽しめることも中学にはあるのかもしれへんとは思った。「自分が夢中《むちゅう》で取り組めることを見つけてください」って言った、三年生足立優衣《あだちゆい》の言葉を思い出した。

ただ一人、陽気でなかったのは、昨日、オレに名札を付けて校舎《こうしゃ》まで案内してくれた加瀬《かせ》。下の名前はレモン。加瀬レモン。最後に舞台《ぶたい》に上がった科学部の部長やった。

「今、理科って人気がないらしくて、ちょっと残念なんやけど、知ってみたらおもしろいと思うで。というか、知らないとおもしろいかどうかわからないので、一度来てみたら？　無理やり引《ひ》き留《と》めたりはしないので、つまらなかったらやめていいのやし」と、ほとんどオレたちに目線を向けないで加瀬は言った。

他の部長は、新一年生を入部させようと積極的に宣伝《せんでん》していたのに、加瀬だけは、どうでもいい感じやった。

新一年生全体が、加瀬の言葉に引いてくのがわかった。

けど、オレは、そうでもなかった。加瀬のこの態度《たいど》を昨日、体験済《ず》みやったからかもしれんけど、「加瀬らしいなあ」と思った。

全部の部が紹介《しょうかい》を終わり、

「部活動は、お試《ため》し入部ができますから、いろいろ回ってみたらええやろう。入部を決めるのはゴールデンウィーク明けでもかまわん。もちろん、必ずどこかに入る必要があるわけではないで」と、部活動の宣伝《せんでん》を仕切っていた一組担任《たんにん》の大岡健三郎《おおおかけんざぶろう》が言った。

在校生《ざいこうせい》たちが講堂《こうどう》から去って新一年生のオレたちだけが残された。

「ではこれから、クラスごとに分かれて、校舎内施設《こうしゃないしせつ》などの案内をする。各自担任に従《したが》うように」と言ってから、大岡が一組を先導《せんどう》して講堂を出ていく。

オレは、大岡と瓜生を比《くら》べてしまった。男と女やし、年齢《ねんれい》も違《ちが》うし、いろいろ要素《ようそ》はあるけど、速攻《そっこう》で出た結論《けつろん》は、瓜生で良かった、やった。瓜生もかなり怖《こわ》そうやけど、大岡はそれ以上やし、男の先生やからどうしても原田《はらだ》を思い出してしまう。原田は自分の世界に入るけど、結構《けっこう》かわいいキャラやった。けど、大岡はそうは見えない。そうは見えないが、実はめちゃくちゃおもしろいという可能性《かのうせい》はあるけどな。

「さ、学校見学に出発」と瓜生。

オレたち二組は立ち上がり、瓜生に続いた。制服《せいふく》の背中《せなか》がいっぱいある。中にまぎれ込《こ》んでしまったほうが目立たないやろうか？　と一瞬《いっしゅん》思ったけど、オレは一番後ろをこそっと歩いた。

「いつでも逃《に》げ出《だ》せる態勢《たいせい》が好きか？」

アンリが横に並《なら》んだけど、無視《むし》や。

講堂《こうどう》を出たところで列が止まった。

「みなさん、整列は自分たちでうまくしなさいと言いましたね。今はどう？」

前から瓜生の声が聞こえた。

列は、二列も三列も四列もあって、講堂と校舎《こうしゃ》をつなぐ廊下《ろうか》からはみ出ているやつもいた。ごちゃごちゃな固まりがそこにはあった。

「なぜそうなるか。どうして整列できないかは自分たちで考えなさい。とにかく今は、二列になって」

固まりが二列になっていくから、オレとアンリは後ろへ下がった。くるくるがオレたちの前に潜《もぐ》り込《こ》んだ。

「おうカップル成立じゃね」

「違《ちが》うと思う」とオレ。

「違うかもしれない」とアンリ。

なんで、「かもしれない」って言うのやお前は。悪魔《あくま》か。

「二人の恋《こい》を静かに、見守るって位置づけじゃね、私《わたし》は」

「絶対《ぜったい》に違《ちが》う」とオレ。

「うれしい。友情感謝《ゆうじょうかんしゃ》」とアンリ。

お前ら、オレで遊ぶな。

ようやく二列に整い、オレたちは出発した。

本館にある職員室《しょくいんしつ》、校長室、家庭科室、美術室《びじゅつしつ》、音楽室、購買部《こうばいぶ》、図書室。それからトイレやグラウンドや花壇《かだん》などの場所を瓜生が教えていく。

廊下《ろうか》を歩き階段《かいだん》を上り下りしていくうちに列はまたどんどん乱《みだ》れていく。どうしても友達、たぶん小学校からの友達と群《む》れてしまうのや。考えたらアンリとくるくるがずっと一緒《いっしょ》なんも同じ。その点、まだ友達のいないオレは乱れることもなく、一番後ろから歩いている。

「あ、そうか」

「何が？」

オレの独《ひと》り言《ごと》にアンリが反応《はんのう》する。

「いや、別に」

「別に、なんや？」

「別には、別にや」

中学に入って不安なのはオレだけやないのかもしれない。オレの場合は別の学区から来たこともあって余計《よけい》に不安に思うだけで、実はみんなも不安なのかも。だから友達と群《む》れてしまうのと違《ちが》うか？

列が乱《みだ》れたのに気づくたびに、振《ふ》り返《かえ》ったまま立ち止まる瓜生。また列がそろい、それからまた乱れる。

なんか、このパターン、おもろい。

「秘密《ひみつ》の多い男子は、女子にとって魅力的《みりょくてき》や」

「え？」

オレは、アンリの顔を見た。アンリは前向いたまま廊下《ろうか》を歩いている。

「とか、勘違《かんちが》いしているのか、テツオ。そうやったら、それは誤解《ごかい》や。はっきりしないやつやと思うだけやで、なあ」

「そんなこと思ってないって、代田さん」

オレはアンリを代田と呼《よ》んでみた。そしたらアンリもオレを成田くんと呼ぶかもしれんと思ったから。

「そうか、テツオ」

そのあと、アンリは話しかけてこなくなり、オレはほっとした。

保健室《ほけんしつ》では、矢加部佳奈《やかべかな》という人が話をしてくれた。

「君たち中学生って、ちょうど心身ともに大きく変化し成長していく時期なんやね。思春期ってやつ。この時期は大人になる前で、大人でも子どもでもないから不安になったり動揺《どうよう》したりしやすい。変な言い方になるけど、不安になったり動揺したりしていても、心配せんでええよ。それは、そういう時期やいうことだけで、そこで怖《こわ》い顔して立っている瓜生先生も私《わたし》も、大人はみんな通過《つうか》してきたの。心や体が疲《つか》れたなあと感じた時も遠慮《えんりょ》せんとここに来てほしい。何も怪我《けが》や病気の時だけでなくていいよ。不安や動揺も怪我や病気みたいなものやから。サボりたいから来たとかも、一応許《いちおうゆる》す。ひょっとしたら、そのサボりたい気持ちは心の疲れかもしれないしね。けど、ほんまにサボりやと見抜《みぬ》いたら、追い出すから。以上」

オレ、不安で動揺しているから、このまま保健室《ほけんしつ》にいたい……。

「では、怖い顔した瓜生先生は、みなさんを次の場所へ案内します。ありがとうございました、矢加部先生」

オレは、入学式で校長も、「中学の三年間は、子どもから大人への変わり目です」って言っていたのを思い出した。これは大人がオレたちに言う共通パターンか？

オレたちはまた二列でぞろぞろと進み出したけど、すぐに止まった。せやかて、瓜生が矢加部の横に突《つ》っ立《た》ったまんまやったから。

「先生、次は?」と、くるくるが訊《き》いたら、

「矢加部先生にお礼は?」と、瓜生が言った。

あわてて、オレたちは、

「ありがとうございました!」と言って頭を下げた。

完全に瓜生のペースや。

ん? 矢加部は先生なん?

そのあと、オレたちは一年二組に戻《もど》った。

みんな席に着く。

オレはどこの席か一瞬迷《いっしゅんまよ》って、そうや、アンリの後ろ、くるくるの左やと思い出した。

「成田鉄男」と、机《つくえ》の上に貼《は》られた紙を、しみじみと見た。

ここは、オレの席や。ここだけはオレの居場所《いばしょ》やと思うと、なんだかほっとした。

「お疲《つか》れ様《さま》でした。一応《いちおう》案内はしたけど、全部覚えるのはすぐには難《むずか》しいと思いますから、明日から自分でも探検《たんけん》してみてください。さっきも説明があったけれど、部活動は、入りたいところがあればゴールデンウィークを過《す》ぎた頃《ころ》に決めればいいですよ。もちろん、やめるのも自由です。最初から入らないという選択肢《せんたくし》でもかまいません。

あと、図書室は場所を教えただけですが、日を改めて司書の方によるオリエンテーションがあります。お楽しみに。それで、あ、ごめんなさい。忘《わす》れ物《もの》をしました。ちょっと待っていてください」と言った瓜生が走って消えた。

「お、瓜生先生、何かのミス？」

アンリが言って、

「ここまではほぼ完璧《かんぺき》先生やったのにねえ。ナオちゃんも人間だ。ねえ、テツちゃん」と、くるくるが目玉をくるくる回してオレを見た。

「テツちゃんって呼《よ》ぶな」とオレが言うと、

「テツオのほうがいいよねえ」とアンリ。だからオレは、

「テツオって呼ぶな。成田くんや」と訂正《ていせい》したけど、完璧に無視《むし》されて、くるくるが、

「あ、ナリーは、どうや？　私《わたし》、ネーミングのセンスあるわ。ナリー、ナリー」と攻撃《こうげき》の手をゆるめず、

「そうかなあ、テツオがいいなあ」とアンリが首をかしげ、なんや、オレはもう関係がないみたいになってきた。

「お待たせ」

瓜生が小さな箱を持って前の扉《とびら》から入ってきた。黒板の前で一度深呼吸《しんこきゅう》をしてからオレた

ちを見回した。

「さて、今から配るのは生徒証《せいとしょう》です。昨日、校章などを配った時に、『それらは、みなさんがどこに所属《しょぞく》しているかを表す大事なものですから大切にしてください』と言いましたよね。そして、生徒証は、みなさんの個人情報《こじんじょうほう》になります。だから、一人一人が責任《せきにん》を持って管理する、みなさん一人一人のものです。パスポートや健康保険証《ほけんしょう》のような公的機関の正式な証明にはなりませんが、あなたが瀬谷中学校の誰《だれ》であるかを示《しめ》します。誰かに貸《か》す物でもないし、簡単《かんたん》に誰かに見せる物でもありません。自分だけの大切な物として扱《あつか》ってください。みなさんはそれを、しっかりと自分で管理できると中学校は、そう見なしているのです」

教室中がシーンとしてしまった。オレは、なんかえらい責任《せきにん》を負わせられるような気がして、ちょっと引いてしまった。

それから瓜生は持ってきた箱からカードの束を取り出し、右端《みぎはし》の列の前から順に、名前を呼《よ》びながらそのカードを配っていった。配りながら、一人一人と握手《あくしゅ》をしていた。

くさいと言えばかなりくさかった。けど、馬鹿《ばか》にできへん雰囲気《ふんいき》があったのも確《たし》かや。黙《だま》って受け取るやつもいたし、ありがとうございますというやつもいた。くるくるは「ありがとう」で、アンリは「ありがとうございます」で、オレは、「おおきにです」やった。

オレは生徒証を眺《なが》めた。校章マークと学校名と十桁《けた》の番号と成田鉄男と、バーコード。住所も電話番号も写真もなかった。オレは親の運転免許証《うんてんめんきょしょう》みたいなものをイメージしていたから、ちょっと残念やった。

「先生」

後藤が手を上げた。

「はい。後藤さん」

「朝、座席表《ざせきひょう》があるからオレの名前もわかると言うたけど、あれ、嘘《うそ》やろ」

「なぜ、そう思う?」

「せやかて、座席表だけやと、別のやつが座《すわ》っていてもわからへん。この生徒証《せいとしょう》には顔写真がないから、そんなに大事なものやったら、違《ちが》うやつに渡《わた》してしもうたら大変や。けど先生は今、オレら一人一人にちゃんと生徒証を配った。よって、先生がさっき座席表でわかったというのは嘘で、本当はもう、オレらの顔と名前を覚えていると思う」

瓜生が天井《てんじょう》を見てから返事をした。

「後藤さん。正解《せいかい》です。ただし、嘘をついたわけではありません。まだ自信がなかったのです。生徒証を忘《わす》れたのも、おそらくその自信のなさの表れでしょう。そして、さっき生徒証を配りながら、みなさんの顔と名前を、自分の頭に刻《きざ》みつけていきました」

くるくるの右後ろの女子が手を上げた。

「はい。那智《なち》ツクシさん」

「瓜生先生、また忘れてしまったりして」

「可能性《かのうせい》はありますが、可能性があるとは、プロの教師《きょうし》としては言えませんね」と瓜生が応《こた》えた。

「何、それ〜」と那智が言って、教室に笑いが起こった。

オレは机《つくえ》に貼《は》ってある紙の「成田鉄男」を見た。それはきっと、瓜生が書いてくれたのやろう。下駄箱《げたばこ》の名前は「成田（鉄）」で、こっちは「成田鉄男」。

ちょっとうれしい。

「今日は午前中で終わりますが、明日からはお昼ご飯が必要になります。『入学のしおり』にあったように、お弁当《べんとう》を持ってきてもいいですし、来月分からは注文をしておけば給食サービスもあります。それと購買部《こうばいぶ》でパンやおにぎりなど簡単《かんたん》な食べ物は売っています」

まだ「入学のしおり」を読み終えていないオレは、そんなことも知らない。渡《わた》すのを忘《わす》れる母親と、逃走《とうそう》する父親を持つオレは、これからは自分でなんとかしないとな。

「教科書は講堂《こうどう》で配付していますから、渡した生徒証《せいとしょう》をさっそく利用してください。今日はここまで。明日からいよいよ中学の授業《じゅぎょう》が本格的《ほんかくてき》に始まります。お楽しみに。質問《しつもん》はありますか？」

瓜生はオレたちを見渡した。

「まあ、わからないことがあったら、遠慮《えんりょ》なく訊《き》いてください。今日は緊張《きんちょう》して疲《つか》れたやろうね。今学期の席順はこれでいきます。そしたら、解散《かいさん》。教科書を受け取って帰宅《きたく》してください」

てっきり、瓜生がまた講堂までオレたちを引き連れていって、教科書をもらうのやと思っていた。けど、瓜生は黒板を背《せ》に立ったまま、ニコニコしているだけだった。

後ろの扉《とびら》から廊下《ろうか》に出たオレの耳にいろんな声が聞こえてきた。

「なんか怖《こわ》そうやなあ」「ついていきたい先生や」「自己《じこ》チューっぽい?」「迫力《はくりょく》あるわあ」「これから大変そう」「頼《たよ》りになりそう」「かわいいやん」「ファッションセンスないし」「かっこいいなあ」

オレは、「原田は原田でおもしろかったけど、瓜生は瓜生でおもしろい」と思った。

「瓜生って、ぴったり先生をやっているな」

アンリの声が聞こえて、反射的《はんしゃてき》にオレは、

「ぴったり先生をやっているって、どういうこと?」と訊《き》き返《かえ》してしまった。

アンリはオレの顔をじっと眺《なが》めてから、

「テツオやなく、ツグミと話してたんやけど、まあええわ。つまりやなあ、さっきちょっと忘《わす》れ物《もの》をしてしまったけど、その分をマイナスしても瓜生先生は、めっちゃ先生らしいキャラをやっているということ」

そうか、くるくるはツグミか。

「わざと？」

「さあ、それはどうかな。根っからあのキャラかもしれないし。それは今後はっきりしてくるでしょう。ところでテツオはどこから来たのや？」

う、またその質問《しつもん》か。しつこいやつや。

「下着姿《したぎすがた》になった仲やったら、教えてくれてもええやんなあ、アンリ」

ツグミがオレの側面から攻撃《こうげき》してくる。お前らは「なあ、なあ」コンビか。

「だから、それは、隣《となり》のブースでたまたまやから」

「冗談《じょうだん》は理解《りかい》しましょう」

ツグミが、目玉を回した。

「冗談きついやん」

オレはなんとか笑ったけど、ひょっとしたら引きつっていたかも。

「転校生？」

オレの笑顔《えがお》を無視《むし》してツグミがまた質問をする。

「転校生って、みんな小学校から中学校に入ったのやから、みんな転校生みたいなもんやろ」

「あ、ナリーって、なかなかうまいこと言う。なあ、アンリ」

「ほんまや。ところでツグミ、ナリーよりテツオのほうがやっぱりいいと思うけど」

オレは、二人を置いて講堂《こうどう》へ向かった。


一年二組だけなのか、他の組も交じっているのかわからない集団《しゅうだん》が廊下《ろうか》を進み、まっさらの制服《せいふく》の匂《にお》いがオレを包む。渡《わた》り廊下《ろうか》を過《す》ぎて講堂へ。

さっきあったイスは片《かた》づけられて、机《つくえ》が並《なら》べられ、その上には手提《てさ》げ袋《ぶくろ》。きっとあれに教科書が入っているんや。

順番が来てオレも自分の生徒証《せいとしょう》を見せる。係の人が持っていた道具で生徒証のバーコードをピッとした。

「成田鉄男くんね。はい」

名前の書かれた表にチェックを入れて、オレに教科書を渡してくれる。

なんかうれしいけど、この袋、重い〜。

振《ふ》り返《かえ》ると、そこに後藤の笑っている顔があった。

「同じクラスになったな、成田」

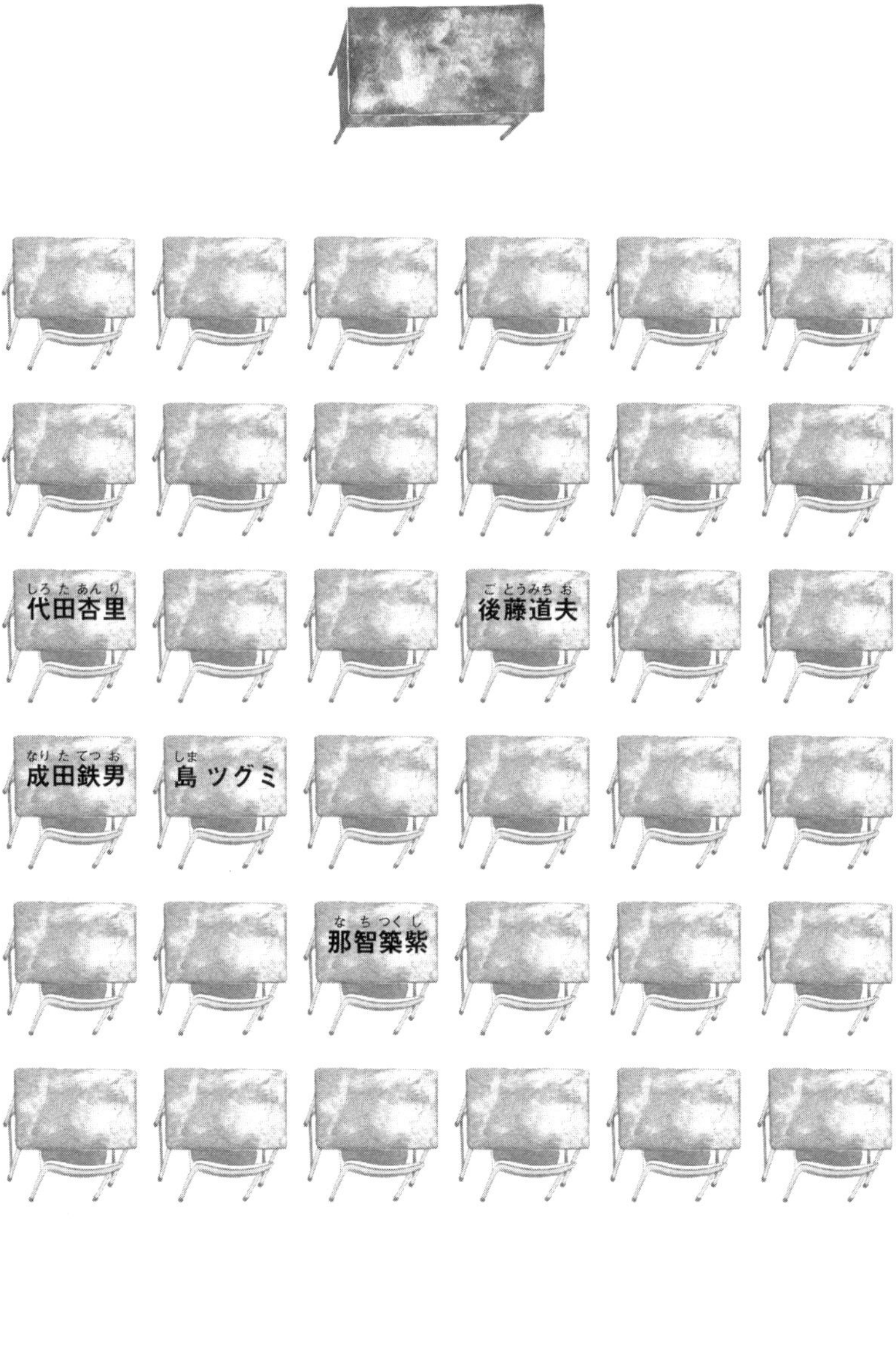
代田杏里《しろたあんり》
後藤道夫《ごとうみちお》
成田鉄男《なりたてつお》
島《しま》ツグミ
那智築紫《なちつくし》

「そうやな、後藤。ほな、明日」

オレは教科書の入った袋《ふくろ》と、ほぼ空の学生カバンを左右の手で持って、その場から逃《に》げた。

うん。逃げた。

情《なさ》けないやんと、自分でも思うほど逃げた。

下駄箱《げたばこ》に上履《うわば》きを入れてスニーカーに履《は》き替《か》えて、急いで瀬谷中学校を出た。

家の近くの公園のベンチで、オレは教科書を袋から出して通学カバンに入れた。家に帰ってからでも良かったけど、なんでか知らんけど、とにかく早く通学カバンに入れてみたかった。


家に帰って自分の部屋に入った。父親と母親はまだ、仕事から帰っていない。

通学カバンを置いて、制服《せいふく》を脱《ぬ》いで、ズボンも普段《ふだん》の柔《やわ》らかいジーンズに穿《は》き替《か》えて、オレはベッドに仰向《あおむ》けになった。

後藤のあの時の表情《ひょうじょう》は、何を意味しているのやろう?

長年の知り合いとの普通の挨拶《あいさつ》か?

びびらそうと思って笑ったのか? オレはびびってしもうたけど、それは誤解《ごかい》で、友好の笑《え》顔《がお》やったのか?

一年二組には後藤の仲間は何人いるのやろうか? いや別にクラスが違《ちが》っても関係ないか。

あれ、オレって後藤以外のやつの顔をあんまし覚えてへんぞ。真砂《まさご》くらいや。オレにとってそれだけ後藤は存在感《そんざいかん》があったのか？

後藤の存在感は間違いなく、その顔から来ている。あごが大きいので四角く見える。顔のパーツは真ん中に集まっている。

後藤と小谷を比《くら》べたら、にらんだ時の顔は小谷のほうが圧倒的《あっとうてき》に怖《こわ》いとオレは思う。それは小谷の目尻《めじり》がつり上がるからで、後藤の場合はほっぺたがふくれて、どっちかと言えばにらめっこに近い。口をとんがらせて、目尻も下がる。けど、普通《ふつう》は笑ってしまうような、その変な表情《ひょうじょう》が、何を考えているかわからない怖さをオレに伝えてくるのや。小谷の場合は怒《おこ》っている顔の時は怒っている。ニコニコ顔の時は機嫌《きげん》がええ。わかりやすい。でも後藤はわからないのや。そのわからなさがオレは怖いんや。

オレは根性《こんじょう》なしなんかもしれへん。けど、やっぱり怖いもんは怖い。

あと、アンリとツグミや。あいつらはなんでオレをいじくるのや？　どこから来たかわからない魅力的《みりょくてき》な男子に見えている可能性《かのうせい》は、アンリに否定《ひてい》された。

一番あるのは、オレで遊んでいるケースや。

理由はともかく、あないに接近《せっきん》されると男子からモテる男と誤解《ごかい》されて攻撃《こうげき》をしかけられるかもしれん。それはやっぱりあんましや。

あ、黒カビが消えているやん。

うん、天井《てんじょう》の角にあった黒カビがなくなっていた。

☆

次の日オレは、昨日簡単《かんたん》にできるようになったはずの詰《つ》め襟《えり》のホックをはめるのにやっぱり時間が掛《か》かってしまった。一日で慣《な》れたことは一日で忘《わす》れるんやな。

今日は両親のほうが早く家を出たので、オレが鍵《かぎ》を掛け、通学カバンを左肩《ひだりかた》に引っかけて、昨日と同じく一人で通学や。頼《たの》む、後ろから声が掛かるのだけはなしや。

「ナリー」

「なあ、ナリー」

通学カバンを肩から下ろし、手に持ってオレは急ぐ。瀬谷中学校に向かって急ぐ。

「無視《むし》してるとこ見ると、やっぱりテツオは、ツグミの提案《ていあん》のナリーよりテツオがええねんなあ。テツオ、どこから来た少年や。アメリカでもドイツでもブラジルでもないやろ。関西弁《かんさいべん》やし」

「関西弁やと、アメリカやドイツやブラジルから来たのやないとわかるんか、アンリ」

オレの頭と体が、オレの心を無視《むし》して反応《はんのう》した。

「あ～、私《わたし》のこと勝手にアンリって呼《よ》んだねえ、ナリー」

オウンゴールやった。

「わかった。ナリーはやめてくれ。テツオでええ」

もう、オレの勢《いきお》いは止まらなくなった。

「オレは土矢小学校出身や。六年生でこっちに引《ひ》っ越《こ》してきたから、卒業まで土矢に通ってて、けど今の住所はアンリが通っていた瀬谷小学校の学区やから、中学は土矢中学校には行かれへんで、瀬谷中学校に通うことになったんや。これがアンリの知りたいオレの秘密《ひみつ》や。大したことやない。以上、終わりや、終わりや」

そや。大したことないのや。全部口に出したら、案外さっぱりして、オレはアンリに背《せ》を向け、再《ふたた》び瀬谷中学校に向かって歩き出した。

ここで劇的《げきてき》な何かが起こる！　わけはなく、アンリはからんでこなかった。

がっかりした。


校門では二人の先生、たぶん先生やと思うがオレは知らない大人の男女が、「おはようございます」と、みんなに声を掛《か》けてくれて、オレとしてはちょっと安心したような、「おはようございます」と返事をしたらもう、逃《に》げ出《だ》すわけにはいかなくて余計《よけい》に緊張《きんちょう》したような、へンな気分やった。

渡《わた》り廊下《ろうか》にある下駄箱《げたばこ》の「成田（信）」を見る。オレはまだ、「成田（信）」が誰《だれ》かを知らない。スニーカーを「成田（鉄）」に入れて、上履《うわば》きに履《は》き替《か》えて教室に向かうオレの横を知らない中学生たちが追《お》い越《こ》していく。階段《かいだん》を上って、西側の廊下を歩いて、北校舎《きたこうしゃ》に近づく。名前は知らないけど二組に入っていくやつらがたくさんいる。当たり前やけど、落ち着かない。

アンリより先に歩いたから、アンリは席にいなかったけど、ツグミはいた。

「ナリー！」って、手を振《ふ》るツグミ。オレにも知り合いがいるんやということを喜んでええのやろうか？

ツグミは、話す時に目をくるくる回すのが持ちネタ（ネタじゃないか）やけど、ツインテールの左右、ヘアゴムの色が違《ちが》うのが、オレにはすごく気になる。

オレは自分の通学カバンを机《つくえ》の上に置いてから、立ったままで、

「テツオや」と言った。

「え？」とツグミが見上げ、目玉をくるくるさせる。

あかん。女子に見上げられると気が弱くなる。なんでやろ？

オレは座《すわ》った。

「ナリーやなくテツオや。さっきそう決まった」

「決まったって？」

「通学途中《とちゅう》にアンリと交渉《こうしょう》して、オレの呼《よ》び名《な》はテツオに決定した」

ツグミが笑顔《えがお》になった。

「わ、やっぱり二人はそういう仲やね」

「どういう仲や」

「せやから、テツオ、アンリって呼び合う仲」

「そうか」

「ナリー、照れてる」

「オレは照れてない」

「私はツグミでいいよ。グミでもいいかな」

「わかった。ツグミって呼ぶ」

アンリはオレを無視《むし》して前の席に座り、どう解釈《かいしゃく》したのかわからないが、ツグミがうなずいて黙《だま》り、オレは後藤を探《さが》し、後藤はオレとツグミが話していたのを見ていたのか、オレと目を合わせ、口をとんがらせて笑い、だからオレは目をそらし、瓜生が入ってきた。

みんなが静かになるまで黙っている瓜生。明らかに昨日より早く静かになった。

「おはようございます。今日から授業《じゅぎょう》が始まります。当たり前ですが、みなさんは、中学校の授業を受けることになります。小学校とはちょっと違《ちが》います。いや、かなり違います。小学校に中学の先生がいらして、説明されたことと思いますが、科目ごとに教える先生が違います。みなさんは同じこの教室にいて、時限《じげん》が変わると別の先生が教えにいらっしゃいます」

「体育や実験もこの教室でするのか？」

「後藤ミチオさん。もちろん体育も科学実験もこの教室では行いません」

瓜生に見つめられた後藤が素直《すなお》にうなずいた。

「では話を続けます。違う先生が教えてくださるわけは、小学校より中学校の授業は専門性《せんもんせい》が高くなるからです。一人の先生がすべての科目を教えるのは難《むずか》しい。

なぜ、専門性が高くなるのか？　それはみなさんが成長して、小学生の頃《ころ》より詳《くわ》しく学びたい欲求《よっきゅう》が高まっていて、それに応《こた》えるためです」

今度は後ろのほうの女子が手を上げた。

「小学生の頃より詳しく学びたい欲求が高まっているって、どないしてわかるんですか？」

「結城《ゆうき》サヤさん、いい質問《しつもん》ね。お答えします。わかりません」

「え〜！」と、みんなが声をあげて、オレも心の中で「え〜！」と思った。その反応《はんのう》をまったく気にしないで瓜生が話を続けた。

「みなさんは一人一人成長の度合いもスピードも、育った環境《かんきょう》も性格《せいかく》も違《ちが》います。ですから、みんながそうなのかは、わかるはずもありません。

でも、これだけは言えます。中学生になったみなさんは今後、先生も含《ふく》め親御《おやご》さんや、他の大人たち、社会から、そういう年齢《ねんれい》の人間、小学生の頃《ころ》より詳《くわ》しく学びたい欲求《よっきゅう》が高まっている人間として扱《あつか》われるということです」

教室中がえらく静かになったけど、やっぱり気にせず瓜生が続けた。

「授業《じゅぎょう》時間も四十五分から五十分に延《の》びました。この五分を長く感じるか、そうでもないかを自分の心と体で試《ため》してください」

瓜生は教室を見回した。

「席は指定どおりに、ちゃんと座《すわ》ってくれたよね。ありがとう。自分の席がどこか覚えたら名前の紙ははがしてええよ。今学期はこの席順でいきます。以上終わり。では、休憩《きゅうけい》時間です。十分ね」

完全に瓜生のペースや。

瓜生が消えたあと、オレはランドセル、いや通学カバンから教科書とノートを出した。「入学のしおり」に時間割《じかんわり》が入っていたから、木曜日の授業の本を、昨日の夜に入れたんや。ノート一冊《さつ》一冊《さつ》にも名前を書いた。アホみたいかもしれんけど、書きながら、「オレは成田鉄男や」と強く思った。

教科書を机《つくえ》の中に入《い》れ込《こ》む。

それから自分の机の位置を改めて確認《かくにん》した。

左は窓《まど》で、第二グラウンドやプールが見える。

前の席がアンリで、右がツグミ。なんか、逃《に》げられないように完全に挟《はさ》まれているような気がする。あ、後ろがあった。

振《ふ》り向《む》くと、そこには空いた机があった。休みか？

机に貼《は》られた名前を書いた紙を見た。

「浅井心香」。

たぶん、女子。

ってことは、オレは三方を女子に囲まれているわけや。

モテモテやん。

違《ちが》う。閉《と》じ込《こ》められたみたいなもんや。

教室を見渡《みわた》した。

わかった。

瓜生は男子と女子を交互《こうご》に並《なら》べたんや。

なんでや？

考えようとしたら、また瓜生が教室に入ってきた。

そのとたん、授業《じゅぎょう》開始のベルが鳴った。

「先生、なんか忘《わす》れ物《もの》か？」

廊下側《ろうかがわ》の男子が言った。

「そんなことないですよ。米田《よねだ》タクミさん。さあ、みなさん、中学校最初の授業の始まり、始まり」

教卓《きょうたく》に両手をついた瓜生がそう宣言《せんげん》した。

「あれ？　どうしたの？　何か疑問《ぎもん》がある？　時間割《じかんわ》りは『入学のしおり』と一緒《いっしょ》に入っていたはずだし、一昨日からここにも貼《は》ってあるでしょう？」

瓜生は前の入り口、黒板の横の壁《かべ》を指さした。

他のことで忙《いそが》しかったオレは気づかなかったけど、確《たし》かに時間割りが貼ってある。「入学のしおり」と一緒に入っていたのも確かで、だからオレは通学カバンに教科書を入れて持ってきたし、一時限目《じげんめ》が数学なのも知っている。知らんかったんは、数学の先生が瓜生やったこと。

時間割りに担当《たんとう》の先生の名前は書いてなかったもんな。書いておいてほしいわ。

カシャッと音がして、そっちを向くと、一人の男子がスマートフォンで時間割りを撮《と》っていた。

「砂州《さす》カズヤさん、君に言っておきます。スマートフォンは校内では使用禁止《きんし》です。電源《でんげん》をオフにして、しまいなさい」

瓜生は、その砂州って男子が指示《しじ》どおりにするまで待った。

「時間割《じかんわ》り、一時限目《じげんめ》は数学。そして私《わたし》は数学の教師《きょうし》です。したがって今私は、担任《たんにん》としてではなく、数学の教師として、みなさんと向かい合っています」

数学って、土矢小学校で教わっていた算数のことやな。

？

算数。

数学。

そうか。中学生になるというのは、算数が数学になるということと言えるのかもしれんな。

オレはなんとなく納得《なっとく》したような、かえってわからなくなったような気分になった。

算数と数学では何が違《ちが》うのや？

オレは机《つくえ》の中から『数学Ⅰ』っていう教科書を出した。

前のアンリも、横のツグミも教科書を机の上に置いた。

「みなさんの中には、小学校で算数と呼《よ》ばれていた授業《じゅぎょう》が、なぜ中学校では数学になるのか、不思議に思っている人もいると思います」

　自動的にオレはうなずいてしまった。

「では、算数と数学は違《ちが》うものなのか？　はい、篠田《しのだ》アヤノさん」

　前のほうの席の女子が手を上げた。

「同じやけど、中学校になったから、ちょっと難《むずか》しいように見せるために、ネーミングを変えたのやと思います」

「いい発想です。他は？　はい、砂州さん」

「方程式《ほうていしき》を習う」

「よく知っていますね」

「塾《じゅく》で習った」

　アンリが手を上げる。

「なるほど。塾は親切ね。はい、代田アンリさん」

「どっちも数って字が入っているから、似《に》たものだと思います。違うのは、算と学。そこが問題かな」

「お〜、鋭《するど》い分析《ぶんせき》。はい、島《しま》ツグミさん」

「先生は、答えを知っているのに、私《わたし》たちに答えさせてばっかりいるのは、ずるいと思います」

瓜生が「ハ、ハ、ハ、ハ、ハ」と笑った。

「参ったな。わかりました。では、私なりの考え。さっき代田さんがどっちにも数の字が入っていて、違《ちが》うのは算と学だと分析してくれはったよね、そこから説明します。算の字を辞書で引いてみてください」

「国語やなくて数学の授業《じゅぎょう》やろ、先生」と後藤。

「今は言葉を調べるから、はい、辞書を出して使う」

オレは机《つくえ》の中から国語辞書を出した。みんなもそうしている音がする。見回すと、かったそうにしている男子や女子もいるし、無表情《むひょうじょう》の人もいる。オレはどんな表情をしているのやろう？　うざい、かったるい、マジ、ニコニコ、無表情？

わざと意識《いしき》をしないと自分では自分がどんな表情をしているかなんて、よくわからないな。

「では、後藤さん、算の意味は？」

後藤はかなり必死で辞書をめくった。

「かぞえる」

「そうね。算数は、数をかぞえる。足し算、引き算、掛《か》け算《ざん》、割《わ》り算《ざん》。算数の基本《きほん》はかぞえること。みなさんがもっともっと大きくなって、大人になって、仕事でも買い物をする時でも、ずっと使う知識《ちしき》。生活に必要な知識やね。それを小学校では習ったの。もちろんもっと複雑《ふくざつ》な内容《ないよう》も習ったけれど、それらもやっぱり日常《にちじょう》の中で使うことが多い知識が中心ね。

これは一生必要だから、最初に習いました。

小学校で一応《いちおう》習ったはずやけど、うまく覚えられてないなあって人がいたら、遠慮《えんりょ》なく私《わたし》に教わりに来てください。恥《は》ずかしがってはいけないよ。というか、別に恥ずかしがることでもないからね。びしっとお教えします」

「怖《こわ》いなあ」と後藤が言った。後藤が「怖い」って言うのが、オレにはちょっと意外やった。

「大事なところだから、怖いかもね」と瓜生が応《こた》えた。

その「かもね」が、ものすごい怖いとオレは感じた。

瓜生が続ける。

「それでね、数学は、数を学ぶの。日常使う算数とはちょっと違《ちが》う。おつりがいくらだとか、エレベーターから何人降《お》りたら何人残るかを導《みちび》き出《だ》すだけじゃなく、なぜそうなのかってことを考える。理屈《りくつ》を学びます。それと、現実《げんじつ》にはない数も扱《あつか》います。たとえばマイナスね。マイナスは知っている？　はい、島さん」

「マイナス五度とか」

「そうそう。そのマイナス。ゼロより少ない数字。今、島さんが言ってくれたマイナス五度は現実《げんじつ》にある気温だけど、ある温度をゼロに定めているから、それより低い場合はマイナスと表記するのね。もし、今マイナス五度にしている気温をゼロ度と定めたら、今のゼロ度はプラス五度になる」

「ゼロ度は水が凍《こお》り出《だ》す温度や」とツグミが言った。

「氷が溶《と》け出《だ》す温度と違《ちが》うか？」と砂州が言った。

「どっちも同じやろ」と後藤。

「同じかな、違う気もするけど」と米田。

凍ろうとする水と、溶けようとする氷が、オレの頭の中でごちゃごちゃになった。

「どっちでもええやん。だいたいそんなところなんやろ」と篠田。

オレは、この時気づいた。なんか知らん間に、授業《じゅぎょう》になっているやないか。瓜生、この先生は、やっぱり油断《ゆだん》がならん。このスキルは原田に教えてやろう。原田、今のオレ、原田と会いたいぞ。

「はい。いろいろ意見をありがとう。ゼロ度は篠田さんが言った『だいたいそんなところなんやろ』が一番近いです」

「なんじゃそれは。算数よりええかげんなもんか、数学は」と砂州。

「砂州さん。ゼロ度の正確《せいかく》な定義《ていぎ》はあります。ありますが、みなさんにはまだ難《むずか》しすぎる。それは理科や数学を学びに大学に行けば教わりますし、理解《りかい》できるでしょう。今のところは凍《こお》り出《だ》す温度や溶《と》け出《だ》す温度、だいたいその辺りと考えておいて現実的《げんじつてき》に問題はありません」

「ややこしい」とアンリ。

「ややこしいね」と瓜生が笑う。「数学は、数を学ぶわけだから、現実にはあり得ないようなところまで仮定《かてい》して考えるの。だから今みたいな現実の温度に当てはめるとかえってややこしく見える時もある。

現実って、『だいたい』でできているやん。リンゴ一個《こ》一個《こ》は形も重さも違《ちが》うけど、それでも一個いくらで値段《ねだん》を付けている。料理を作る時も、レシピには何グラムとか書いてあるけれど、塩やしょうゆの量をそんなに正確《せいかく》に量っているわけじゃない。同じ通学路を通っていても、歩数も掛《か》かる時間もその日によっていろいろ。

毎日の生活はだいたいで、かまわないの。ゼロ度も正確な定義《ていぎ》はあるけれど、普段《ふだん》はだいたい、その辺りと考えて困《こま》ることはない。

一方、数学は想像力《そうぞうりょく》を広げていくの。数学は、抽象的《ちゅうしょうてき》、空想的、非日常的《ひにちじょうてき》な世界を扱《あつか》うといってもいいかな。マイナスの場合だと、マイナス五度はあるけれど、マイナス五人はないよね。でも、数学ではそれを、あると仮定《かてい》して考えるの」

「そんなん、なんの役にも立たないやん」とツグミ。

「そうね。島さんのこれからの人生でマイナス五人と出会うことはないやろうね。そう、数学は算数のようにどう役に立つかは見えにくい。だから退屈《たいくつ》に思えるかもしれないし、無駄《むだ》だと思うかもしれない。でも、これだけは保証《ほしょう》します。数学はみなさんが生きていくこれからの人生で、いろんな見方を広げてくれると思う。それは数学だけじゃなく、他の科目も同じじゃよ。小学校で、生きるために必要な知識《ちしき》を学んだみなさんは、これから、それがなぜそうなっているか、なぜ必要なのかを学んでいきます。そして自分の幅《はば》を広げるための知識も得ていきます」

「やっぱり、ややこしいよね。言っている私《わたし》がそう思うもの」

「やっぱり、ややこしい」と篠田。

「なんじゃ、それは」と後藤。

「ごめんね。一言じゃ、説明できないの。だから私は、これから三年を掛《か》けて、みなさんにそれを伝えたいと思っています」

それから瓜生は、算数で習った＋《プラス》の数を「正の数」と呼《よ》び、－《マイナス》の数を「負の数」と呼ぶというところから、授業《じゅぎょう》を始めた。

オレはみんなと瓜生のやりとりを眺《なが》めながら、それに参加できないオレ、いや参加しないオレに、落《お》ち込《こ》んでいた。

みんな、自然に小学校から中学校に進学してきた。そのことを気にもしてないはずや。もちろん、別の小学校から来た連中がいるから緊張感《きんちょうかん》はあるやろうけど、オレみたいに一人だけで別の小学校から来たのやない。

せやからオレは、教室のやりとりの間も静かにしていたわけや。

けど、それって結局、オレが勝手にびびっているだけやないか？　と、ふと思ったのや。

なんでそう思ったかは、オレにもわからない。

そして、そう思ったけど、やっぱり目立たないようにしているオレ。

オレって、なんや？

それから一時限《じげん》ごとに先生が変わった。理科の深松《ふかまつ》ハヤト、保健《ほけん》体育の赤井《あかい》リュウセイ、国語の亀岡《かめおか》アヤノ。それぞれが科目説明から始める。一人一人が話しているのを眺《なが》めながらオレは、これが中学なのを実感した。

数学だけ、理科だけ、保健体育だけ、国語だけ。この人らはどうして、それであきないのやろう？　一つのことばっかりやるのって、どこがおもしろいのやろう？

つまりは、中学校って、数学オタクとか、理科オタクとか、保健体育オタクとか、国語オタクとかの集まりか？

授業《じゅぎょう》が終わり、十分の休み時間になるとオレは、すぐに教室を出て、グラウンドの隅《すみ》に隠《かく》

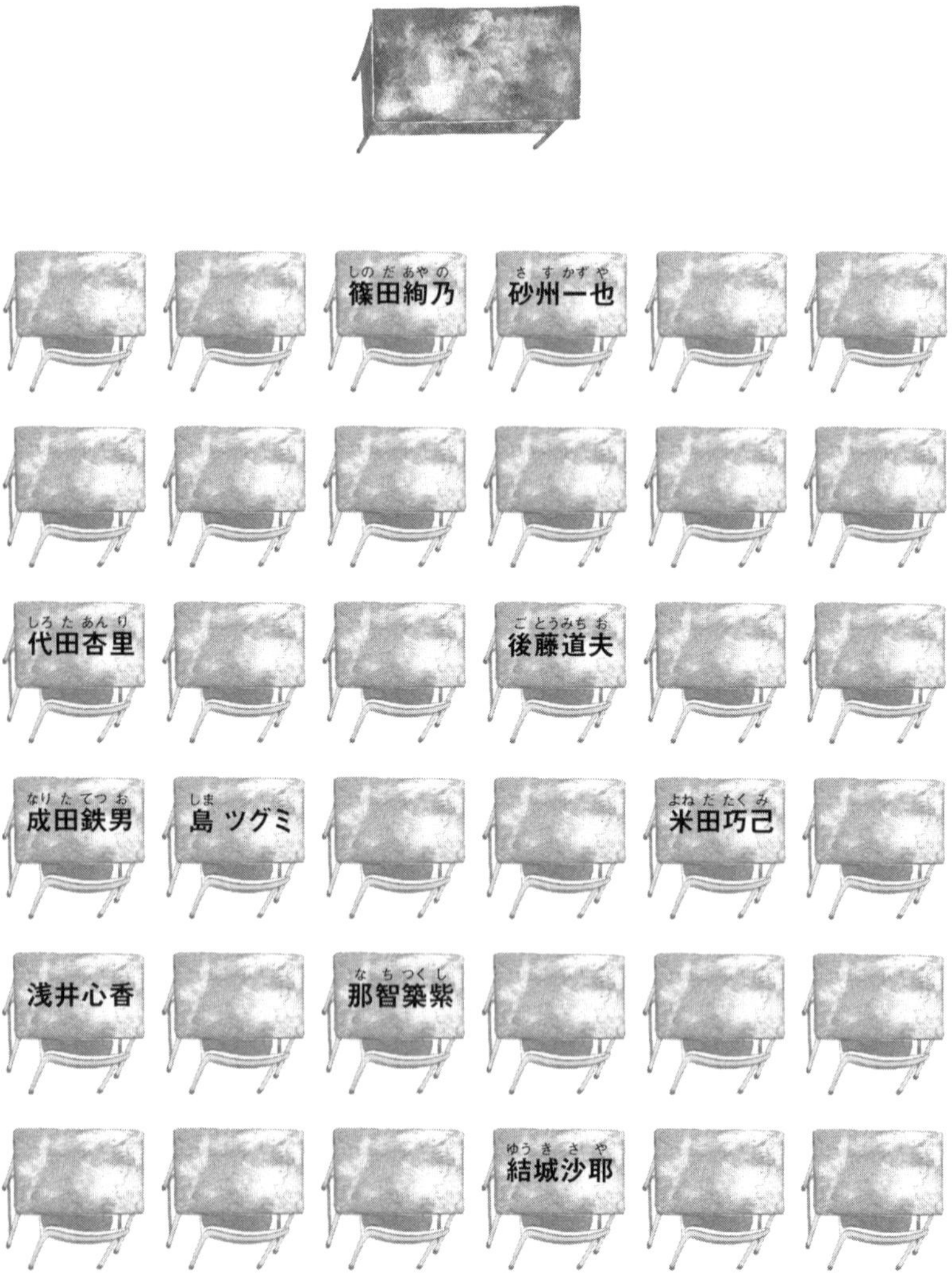
篠田絢乃《しのだあやの》
砂州一也《さすかずや》
代田杏里《しろたあんり》
後藤道夫《ごとうみちお》
成田鉄男《なりたてつお》
島《しま》 ツグミ
米田巧己《よねだたくみ》
浅井心香
那智築紫《なちつくし》
結城沙耶《ゆうきさや》

れた。

昼休み、オレは母親からお金を渡《わた》されていたので、購買部《こうばいぶ》に行ってめっちゃ並んで、コロッケパンと白あんパンと牛乳《ぎゅうにゅう》を買った。

一瞬《いっしゅん》中庭のベンチで食べようかと思ったけど、あそこで食事は禁止《きんし》かもしれないと思って教室に戻《もど》った。

オレがパンを買いに出ている間に弁当《べんとう》を食べてしまったのか後藤はいない。

オレは自分のイスに座《すわ》って、机《つくえ》の上にパン二つと牛乳を置く。自分で買って、教室で食べるなんて、オレのこれまでの人生で初めてかもしれない。

「コロッケパンに白あんパンって、なかなか気持ち悪い組み合わせで、すてきやなあ、ナリー・テツオ」

自分の弁当箱《べんとうばこ》のミニコロッケをフォークで突《つ》き刺《さ》しながらツグミが言った。オレが黙《だま》っていると、

「これも、食べる?」とミニコロッケを突き出した。

「それもコロッケやろうが」

「コロッケもいろいろ。食《た》べ比《くら》べるのもおもしろい」

オレとしては、女子から食べ物をもらうのは、うれしい。けど、そない簡単《かんたん》にもらうと、他

の男子ににらまれたり、うらやましがられたり、攻撃《こうげき》されたりしないやろうかと悩《なや》む。

ツグミがフォークで円を描《えが》く。ミニコロッケが生き物のように見える。

オレはミニコロッケを指でつまんだ。

もらってばかりでは悪いし、白あんパンを袋《ふくろ》から出して半分ちぎった。

「せやから、その組み合わせは気持ち悪いって」

オレは、コロッケパンも半分にしてツグミに渡《わた》した。

確《たし》かに、二つのコロッケの味は違《ちが》った。ミニのほうが味が濃《こ》かった。

そんなたいしたことでもないはずなのに、オレは感動した。なんでやろ？

それにしても、今日のアンリは、オレが告白してからまったく話しかけてこない。やっぱりオレはよそ者か？

あ、告白って言葉を思《おも》い浮《う》かべたら、オレ、顔が赤くなってきた。なんでや。告白というても、好きとか嫌《きら》いとかやないぞ。あ、嫌いと告白はしないか。何を考えているのか自分でもわからないようになってきたぞ、オレ。

アンリの背中《せなか》はオレの目の前にあって、けど、めちゃくちゃ遠い気がした。

「ミニコロッケがおいしいかと思ったら、コロッケパンって案外いけるやん」とツグミが言ったので返事をしようと横を向いたら、ツグミの先で後藤が手招《てまね》きをしていた。

オレの視線《しせん》の先をツグミも見た。

「あの男子と同じ小学校なん？」

「違《ちが》うけどな、知ってるねん」

オレはアンリの背中《せなか》を見たけど、アンリは反応《はんのう》していなかった。

立ち上がって、机《つくえ》の列の後ろ側から後藤の席に近づこうとした。後藤はそんなオレを無視《むし》するように廊下《ろうか》へ出ていった。

オレは首のカラーが気になって、気になってしかたがなくなった。詰《つ》め襟《えり》のホックを外したかった。

つまり、オレはびびっていた。三組の真砂とかもいたら、どないしよう。講堂《こうどう》の裏辺《うらあた》りでボコボコにされるとか。今から小谷を呼《よ》んでも間に合わないし……。

廊下に出るとおもしろいくらい予想どおり、真砂もいた。

「あ、どうも」

自然に頭を下げたオレ。そんなオレの友好的態度《たいど》を無視して二人が歩き出したので、しかたなくオレもついていく。スマートフォンは禁止《きんし》やから、小谷に連絡《れんらく》できないんやと思《おも》い込《こ》もうとするけど、来てくれって頼《たの》みを小谷や菱田《ひしだ》があっさりと断《ことわ》ったら、オレはすごくショックやろうな。昨日の電話でも二人のキャラは微妙《びみょう》に変わっていたし。

そんなショックを受けるくらいやったら、やっぱり電話はせんほうがましやな。だいたいオレはまだスマートフォンを持ってへんしな。そや、いざという時の安全のために、やっぱりスマートフォンは買ってもらおう。けど、「おかあちゃん、おとうちゃん。オレ、後藤ってやつが怖《こわ》いからスマートフォンを買ってえな」では、説得力がないやろうな。

「成田、成田」

小谷の声か？

「成田、お前、大丈夫《だいじょうぶ》か？」

後藤がオレの顔をのぞき込《こ》んでいて、オレはのけぞった。

「大丈夫って、何がや」

「せやかて、ぼうっとして、オレの質問《しつもん》に答えないやんか」

オレたちは渡《わた》り廊下《ろうか》に来ていた。

「ごめん。聞いてへんかった」

「人の話聞け！」と真砂がにらんだ顔をオレに近づけた。小便が出そうや。

真砂の顔がゆるんだ。

「簡単《かんたん》にびびるなよ、成田。いつも小谷の後ろから叫《さけ》んでただけやから、根性《こんじょう》がないのはわかっていたけど、なさすぎやろ」

真砂の言葉に、ものすごく納得《なっとく》した。納得を通《とお》り越《こ》して、真砂に共感した。正直でええやっやとすら、オレは思った。

「ここやと話しにくいし、講堂《こうどう》の裏《うら》へ行こうや」と後藤。

そ、そら、当然そうなるよな。先生に見つからないところというのは正しい判断《はんだん》や。

「中庭はどう？」と一応提案《いちおうていあん》させてもらった。

「あそこは上級生が多くてうるさい。オレら新一年生はおとなしく、かわいく、素直《すなお》にが、生き残るコツやと、兄貴《あにき》が言うてた」

「後藤の兄ちゃんも瀬谷中学生か？」

「三年生や。それより、成田も履《は》き替《か》えんかい」

「え？」

後藤が、下駄箱《げたばこ》からスニーカーを出して上履《うわば》きを下駄箱にしまっていた。真砂も続く。

「履き替えるんがこの中学校の規則《きそく》やろ。破《やぶ》ったら先生に怒《おこ》られる」

オレも青いかかとの上履きを「成田（鉄）」に入れて、二人に続いた。

規則を破らないように履き替えて、講堂の裏で……。

講堂の南側は、外との間に垣根《かきね》みたいなのがあって、それとフェンスで、外からは見えないようになっている。いや、外が見えないようにかもしれない。どっちにしても、ここなら先生には見つかりにくい。ボコボコにもしやすいやん。

後藤たちとオレはその奥《おく》に入るように進んで、それから後藤が振《ふ》り向《む》き迫《せま》ってきた。四角い顔の口先がとんがっている。思わず逃《に》げ出《だ》そうかと思ったけど、なんとか留《とど》まった。

「なんでや？」

小谷のわかりやすい怖《こわ》さと違《ちが》って、無表情《むひょうじょう》の後藤は、やっぱりめちゃくちゃ怖い。

「え？　何が？」

「せやから、なんで成田が瀬谷中学校におるんや」

「なんでって言われても、オレは困《こま》る。オレかてそんなつもりはなかったわい」

「なかったけど、おるわけか？　なんでや？」

それはオレが言いたいことやと思いながら、母親たちの選択《せんたく》を理解《りかい》したはずのオレは、後藤の前で親の悪口は言いたくないし、ちょうど今朝アンリに教えた勢《いきお》いで、事情《じじょう》を説明した。

「学区の違う場所に引《ひ》っ越《こ》しかあ。成田がここにいる理由はわかった」

「わかってくれた？」

後藤がうなずいたので、ちょっとほっとしたオレ。

「しかし、なんで成田の親はわざわざ隣《となり》の学区に家を買ったのや。土矢小学校や、せめて土矢中学校の学区内で家を買ったら、今こうしてオレらと成田は話すこともなかったやろが」と真砂が、余計《よけい》な追及《ついきゅう》をしてきた。

「そうしたら、びびらんで良かったで」と念を押《お》す。

オレは困《こま》った。母親が言ったことをそのまま話すと、こいつら怒《おこ》るかもしれない。いや、怒るな、絶対《ぜったい》に。母親は「アホくさいけど、それが現実《げんじつ》や」と言ったけど、その現実は後藤らには楽しくないやろう。あ、でも、今はオレもこっち側なんや。

「土矢より家の値段《ねだん》が安かったからやと言ってた。しょうがないな、家を買うのは親やから」と真砂に言ってみた。

そしたら後藤が、

「確《たし》かに、それは親には逆《さか》らえんな。せやから、そんなこと、いちいち気にしていても時間の無駄《むだ》やな」と笑った。笑った顔も怖《こわ》い……。

「悲劇《ひげき》や」と真砂。

「いや、喜劇やで。なあ、成田」と後藤。

「どっちもかな」とオレ。

なんか、オレが予想していたより、非常《ひじょう》に平和友好的に話が進んでいる気がする。

オレは精一杯《せいいっぱい》の笑顔《えがお》を二人に向けた。

「小谷と菱田は元気か?」と後藤が訊《き》いて、オレは、

「うん。まあまあ元気や。慣《な》れない中学校生活で疲《つか》れるやろうけど、それはオレらも一緒《いっしょ》やしな」

後藤たちと小谷たちが一緒にファストフード店でポテトをつまみながら、アホらしい話をして笑っている。そんな楽しそうな風景を、オレは思《おも》い浮《う》かべた。

「だいたい、わかった。あ、ちょっと遅刻《ちこく》や」と真砂が腕時計《うでどけい》を見て、さっさと戻《もど》っていった。

「まあ、そういうことやな」と後藤も言って歩き出す。

「一緒に帰ろうか」とか、ないの？「だいたい、わかった」って真砂、その「だいたい」は何？

オレはちょっと離《はな》れて二人の後ろを歩く。

二人が上履《うわば》きに履《は》き替《か》えるのを待って、オレも履き替え、階段《かいだん》を上って二階へ上がった。二組には誰《だれ》もいなかった。

「なんでや？」とオレが真砂を見ると、

「知るかいや。オレは三組や」と真砂は自分のクラスに入っていった。

「すんません！遅《おく》れました」とあやまっている真砂の声が廊下《ろうか》にも聞こえた。

オレと後藤は顔を見合わせた。

それからオレは教室に入り、瓜生が貼《は》っておいた時間割《じかんわ》りを見た。

「五、六時間目は、家庭科やないか。家庭科は実習室や！」

「実習室ってどこや！」と後藤も叫《さけ》び、

オレは「一階の東側や！」と応《こた》えた。

教室前の廊下《ろうか》を進むけど、ばれないようにせなあかん。

オレたちは一組の前を無事に通過《つうか》し、西側廊下を歩き、階段《かいだん》を下りて職員室《しょくいんしつ》がある南校舎《みなみこうしゃ》側《がわ》を進み、突《つ》き当《あ》たりを左に折れて、東側にある家庭科室って書いてある部屋の前に出た。

「ここやな」と、後藤がほっとしたように言って、オレもほっとした。しかし、

「誰《だれ》もおらんやん」と絶望《ぜつぼう》したような声を後藤が出した。

ほんまや。入り口のガラス窓《まど》から覗《のぞ》くと、そこには誰もいなかった。

オレたちは顔を見合わせた。

「ここは確《たし》かに家庭科室やんなあ」と、後藤が顔のパーツを思い切り真ん中に集めて、口をとんがらせて泣きそうな顔をしている。オレはパニックになりそうや。

あ、でも、

「後藤、ここ家庭科室やけど、調理室や」とオレ。

教室の中には六つの調理台があった。

「瓜生が案内してくれた時、ここの家庭科室って、もう一つなかったか？」

オレは、後藤の顔を見た。初めてびびらずに見られた。

「確か、北側や！」

後藤がほっとした顔をして笑った。それを見ながらオレは、後藤も怖《こわ》くないのかもしれんと思った。うろたえる時はオレと変わらないもん。

右に職員《しょくいん》トイレ、左にオレたち生徒のトイレを見ながら廊下《ろうか》を早足で歩く。

「もうどうせ遅刻《ちこく》やし、トイレに行かん？」と言ってみるオレ。

「そんなことしたら、先生に悪いやろうが、ボケが」

怖さが戻《もど》ってきた後藤。

こうしてオレたちは無事に二組がいる家庭科室にたどり着いた。

家庭科の先生は男で、暑がりなのか、黄色い半袖《はんそで》Tシャツ姿《すがた》やった。そして、その半袖からニョキッと太すぎる腕《うで》が伸《の》びていた。胸《むね》の筋肉《きんにく》もポコポコッて出ているやん。

「今、家庭科を始めるにあたって大事な話をしていたけど、君らは聞《き》き逃《のが》した。遅刻の理由は？」とオレたちに言った。すでに班《はん》になっているらしい二組のみんなは、テーブルごとに六人ずつくらいで座《すわ》っている。

アカン。いきなり目立っているやないか、オレ。

「すみません。校庭で話してたら、時間を忘《わす》れてしまいました」と後藤。オレは目を天井《てんじょう》に向けている。

「同じ小学校の親友同士が、新しく入学した中学校のことで盛《も》り上《あ》がってしまったといったところかな？」

「そういうところです」と後藤がまじめな顔をする。

違《ちが》うやないか。オレとお前は別の小学校や。親友でもないぞ。

「一回目だから、大目に見る。遅《おく》れてきた男子二人で新しい班を作るとして、そうだな、女子の誰《だれ》か、彼《かれ》らと班《はん》を組んでもいい人はいますか？」

オレの予想どおり、アンリとツグミがすぐに手を上げた。そして、もう一人の女子が手を上げた。

「お前は加わるな」と、後藤が顔をしかめてその女子に言った。けど、女子は気にしていなかった。

テーブルは一番後ろの出口側。これは、うれしい。こうしてオレたちは六班となった。

「さて、遅れてきた二人がいるからではなく、大事な話だから繰《く》り返《かえ》す」

オレたち五人がテーブルに座《すわ》ったのを見届《みとど》けてから、家庭科の先生が話し始めた。

「中学には、数学、理科、国語、英語、社会、音楽、美術《びじゅつ》、保健《ほけん》体育といろんな科目がある。

技術《ぎじゅつ》・家庭科もその一つやね。今日は家庭科の話をしような。

他の科目と違《ちが》う家庭科の特色は、君たちの毎日の生活と身近に関わっているところ。食物や栄養の勉強は体の維持《いじ》に必要やからよくわかると思う。これは小学校でも学んできたよね。あと、今日は何を着ようかな？　といった衣服の選択《せんたく》、選ぶほうの選択は、君たちが気分よく暮《く》らすのに大事なこと。洗《あら》うほうの洗濯《せんたく》は健康と、これも心地《ここち》よさに関係しているよね。それから、買いたいものが出てきた時、どんな商品を買うか。どのような仕組みで君たちの元に届くのかを知っておくのも必要だから授業《じゅぎょう》の中で考え、そして、君たちが一緒《いっしょ》に暮らしている家族や地域《ちいき》についても考える。

つまり、君たちの生活全般《ぜんぱん》について学び考えるのが、家庭科なんやな。

食物や栄養は理科や保健《ほけん》体育とも関係しているし、衣服を選ぶのは美術《びじゅつ》につながるし、どんな商品を買うかは数学と美術の出番。暮らしや地域は社会科の知識《ちしき》がいる。

だから家庭科は、中学でのいろんな科目をつなぐ役目をしているといってもいい。

それぞれの科目は一見バラバラに見えるけど、君たちの暮らしから眺《なが》めると、実はみんな関係している。

他の科目で教わった知識が活《い》かせないかなと、いつも考えながら家庭科の授業《じゅぎょう》に参加するのもいいね」

「数学は算数のようにどう役に立つかは見えにくい」と瓜生は言っていたけど、家庭科はそれを見えやすくするのかな。もし本当にそうやったら、家庭科っておもしろいかもしれん。

後藤が手を上げた。

「すんません、先生。遅《おく》れてきたから、先生の名前をオレ、知らんです」

「ああ、佐古《さこ》ミナミや」

それで、佐古の張《は》り切《き》った気持ちは切れてしまったみたいやった。オレも、考えていたことがどこかへ消えてしまった。

後藤には佐古の話は、おもろなかったんかな。

佐古は前振《まえふ》りを終えて、授業《じゅぎょう》に移《うつ》った。

「今日はまず、今の自分と、三年後中学を卒業する頃《ころ》の自分について考えてもらおうと思います。中学校生活の間にどんな自分になりたいか？　やな」

それから佐古は、黒板に項目《こうもく》を書き始め、それをノートに書き写して、点数を入れてみるように言った。オレと後藤は、教科書もノートも持っていなかったけど、後藤が、「お前は加わるな」と言った女子が自分のノートを破《やぶ》って、紙を一枚《まい》ずつ後藤とオレに渡《わた》した。

「栄養のバランスを考えて食事をしている」「自分で料理をする」「その日の献立《こんだて》を考えながら食材を買いに行く」「室内環境《かんきょう》を安全で安心なように整える工夫《くふう》をしている」「服の手入れを

する」「時や場所を考えて、服を自分で選ぶ」「幼児《ようじ》と遊ぶ時がある」「家族と仲良く過《す》ごすためにいろいろ工夫《くふう》をしている」「自然や環境《かんきょう》のことを考えた生活を心がけている」「買い物は、環境を考慮《こうりょ》している」

きれいな字やった。

オレは、そのきれいさになんだか感動した。

「できていることは二点。まあまあできているは一点。していないは○点。これを一年生の今どうかで点数を付ける。それから、三年生の終わりの目標も二点から○点で付けてみる」

オレが考えに考えて出した結果は○点。

「あんた、アホなん？」

「お前は加わるな」と後藤が言った女子がオレの紙を見てそう言った。それから、手を上げて、

「佐古先生、これは見せないといけない？」と訊《き》いた。

「え？」

「見せるんやったら、それなりの点数にしたいし」

佐古が「うっ」と言ったようにオレには聞こえた。

「入江《いりえ》さん、見せる必要はないよ。自分の目標みたいなものやから」と佐古は笑った。後ろの

テーブルからでも、八重歯《やえば》が見えた。

それでオレは、この女子の名字が入江とわかった。

考えたら他のやつらは、自分と同じ小学校から来てる連中の名前くらいは知っているのや。けど、オレは全然知らん。知ってたのは後藤と真砂とアンリくらいや。しかたないけど、なんかちょっと腹《はら》が立つ。

点数を入れ終えて、

「今は十点で、三年生の目標は二十点という辺りでええやろう」と入江は鉛筆《えんぴつ》を置き、みんなが書き終えるのを待って、

「私《わたし》は、入江ナミ」と名乗った。

それでオレたちもお互《たが》いの名前を教え合った。そしたらツグミが、

「ナリーとミチオくんとナミちゃんは同じ小学校?」と訊《き》かなくてもいいことを入江に訊いた。さっきオレが言ったことを忘《わす》れたんか、ツグミ? 後藤とは違《ちが》う小学校やと教えたやろうが。

「え、私、成田くんは知らないよ。てっきりツグミちゃんと同じ小学校やと思ってた。ナリーってあだ名で呼《よ》んでいるし」と入江。

「ナリーは私が付けたの。アンリはテツオがいいって言って、公式にはテツオになったのやけ

ど、私《わたし》はついナリーって呼んでしまうの。でも、ナリーがナミちゃんたちと違う小学校やとしたら、瀬谷でも南谷《なんや》でもないいんやね。残りは本間《ほんま》小学校。そうか、ナリーは本間なんや」

オレが困《こま》っていると、

「こいつは、本間でもない、土矢や」と後藤がツグミに教えた。

「え〜、ナリーって土矢なん。土矢小学校の子がなんで瀬谷中学校にいるの？　ああ、中学の時引《ひ》っ越《こ》してきたん」とツグミ。

「そしたら、友達もいないし、緊張《きんちょう》するねえ、ナリーくん。私らが仲間になってあげるし」

とナミがオレの肩《かた》をかなり強く叩《たた》いた。

それでオレは、ちょっとだけほっとする自分を感じていた。こいつらみんなええやつなのかもしれんな。後藤かて、オレがみんなに話さないとあかんことを先に言うてくれたし。

「けど、この人、ずっと隠《かく》してたんやで。私、何度も訊《き》いたのに教えてくれんかった。私はそこがいやや」

アンリがオレを見ないで言った。

テツオやなく、この人と呼《よ》ばれたのに落《お》ち込《こ》んだ。

テツオと呼ばれて怒《おこ》ってたのに、なんで落ち込むのや、オレ。

「それは、ナリーが照れてたのと違《ちが》う？」

照れてないぞ、ツグミ。オレは、オレは、単に、

「よその学区から来たので、ボコボコにされるかもしれないと考えすぎて、隠してたという可《か》能性《のうせい》もあるよね。男子って根性《こんじょう》ないし」

そうです。ナミさん。男子全部がそうかは知らないけど、オレは根性なくて、ボコボコにされるかと思って隠していました。それが隠せぬ真実です。

「ボコボコにしたろか、ナリー」と、テーブルの向かい側から体を乗り出して後藤がにらむ。怖《こわ》い。怖いけど、ナリーと呼ばれたことのほうがショック。

「あ〜、わかったで。さっき二人で遅《おく》れて入ってきたのを佐古先生は親友やからと思ったみたいやけど、あれは完全に誤解《ごかい》やな。本当はこの子が、おおかた真砂と一緒《いっしょ》にナリーを呼《よ》び出《だ》して、脅《おど》かすかなんかしていたんやろ。小学校でのデータから判断《はんだん》するとおそらくそうや。当たってるやろ、ミッちゃん」とナミが思い切り後藤の頭をどついた。

オレは後藤を見た。そうか、こいつはミッちゃんか。

「うっさいわ。オレをミッちゃんって呼ぶな、ボケ」

「ちっさい時からあんたはずっとミッちゃんやろ。おばちゃんも近所の人も、幼稚園《ようちえん》の先生も、私《わたし》も私の親も、みんなあんたをミッちゃんと呼んでる。あんたは生まれてから死ぬまでずっと、私らのミッちゃんや」

オレは後藤が切れるかと思った。でも後藤は、黙《だま》ってナミからもらった紙に点数を入れ出した。

ツグミが何か言おうとしたけど、アンリがツグミのセーラー服の袖《そで》を引《ひ》っ張《ぱ》って黙らせた。

「お〜い、そこの六班《ぱん》。もう小学生やないから、もっと静かにしなさい」と佐古に怒《おこ》られた。

オレたちは、採点《さいてん》の見せっこをした。オレは一年〇点、三年十五点。後藤は一年六点、三年二十点。ナミは一年十点、三年二十点。ツグミは一年四点、三年二十点。アンリは一年二十点、三年二十点。

「アンリ、これやと、完全やん。ほんまか」とナミ。

「嘘《うそ》や。けど、こうしといたら、成長しなくていい」

「成長したくないのん？」

「ないよ」

二人の会話にオレとミッちゃん後藤は加われなかった。ツグミはアンリをニコニコ見ていた。

「ミッちゃんの一年六点ってすごいねえ」とツグミ。

オレもそう思う。後藤は、「自分で料理をする」「その日の献立《こんだて》を考えながら食材を買いに行く」「幼児《ようじ》と遊ぶ時がある」に二点を入れていた。そのぶん、「家族と仲良く過《す》ごすためにいろいろ工夫《くふう》をしている」の〇点が目立ったけど。

後藤は「ミッちゃんって呼《よ》ぶな」とは言わないで、「まあな」と自分の紙を手に取って眺《なが》めた。

「ナリーは〇点で、三年生で十五点か。これは完全に嘘《うそ》やね」とナミがオレの横で断言《だんげん》した。

「嘘と違《ちが》う、本当に〇点や」

「それは本当かもしれないけど、三年生で十五点が嘘や」

「なんでや、ナミらの二十点のほうがよっぽど嘘やろが。オレのは本当くさい」

「やろ、本当やなくて、本当くさい。その中途半端《ちゅうとはんぱ》さが嘘《うそ》そのものや」

意味がわからへん。オレは後藤に助けを求めたが、まだ自分が書いた紙を見つめている。アンリとツグミは、ナミに賛成《さんせい》って顔で向かい側からオレを見つめている。それからアンリが話し出した。

「三年先のことはわからへん。これは自分の目標を書くのやから、二十点満点にしておく。それが目標やけど、そうなれるとは誰《だれ》も思ってない。思ってないから満点と書ける。ところがテツオは、十五点にしといたら、ひょっとしたらみんな信用してくれるのやないかと思って、中途半端な点数を出した。そこがものすごく嘘くさい。わかった?」

そうか。わかった。嘘なら、もっと堂々とつかないとアカンのや。

それより、アンリが話しかけてくれたのがオレはうれしい。テツオやし、うれしい。

「やっぱり、テツオって呼《よ》ぶ？　ナリーはなし？」と、ツグミがまた余計《よけい》なことを言った。

「確《たし》かにそう決めたけど、ナミも友達になったことやし、条件《じょうけん》が変わったやん、アンリ」

アンリは黙《だま》っている。

「ナミはどっちが好き？」

「そら、絶対《ぜったい》にナリーやろ」

「ナミもそう言うてるよ、アンリ」

「けど、統一《とういつ》してもしかたないよ。それぞれが好きに呼んだらいいのと違《ちが》う、ツグミちゃん」

「わかった、ナミ。そしたら私《わたし》とナミはナリーで決まりやね。アンリは？」

「テツオ」

「わかった。アンリがそうしたいなら」

しかし、なんでこいつらは人の呼び名を、本人の目の前で本人を無視《むし》して議論《ぎろん》しているのやろう？

「ミッちゃんは、ミッちゃんで一致《いっち》やね」とツグミが議長をして、アンリとナミがうなずく。

「ナリーは？」

今度はオレの意見も聞いてくれるのか。しかしナリーやし、無視したろか。

「オレは、後藤と呼《よ》ぶ」

そう言っていた。

すると、後藤が顔を上げた。

「オレもこいつは成田と呼ぶ」

「親友同士でそれでは堅《かた》すぎへん?」とツグミが言って、

「親友と違《ちが》うわい」と、オレと後藤がつぶやくように答えた。


小学校の授業《じゅぎょう》は四十五分で、中学校は五十分。この五分の違いは大きいみたいなことを瓜生は言っていた。一時限《じげん》ずつはそうは思わなかったけど、六時限目が終わると、この五分の違いがわかってきた。六つの授業で合計三十分多いのや。これは数学やなくて、簡単《かんたん》な算数や。いや、四十五分に五分が増《ふ》えたのは算数やけど、それが積み重なって一日の疲《つか》れが違うって考えてしまうのは数学かもしれない。

家庭科実習室から一年二組に戻《もど》ると、瓜生がいた。みんなが席に着いて静かになるのを待った。

「はい、お疲れ様でした。きっと長い一日やったと思います。緊張《きんちょう》もしただろうし、今日は帰ってゆっくり休んでください」

「今から塾《じゅく》やから休めん」と右側の前のほうにいるやつが言った。

「そうね、成田ノブミさん。そういう人も多いでしょうね」

あいつが、もう一人の成田や。成田（信）や。やっとわかった。

そや。

オレは思い切り手を上げた。

「はい、成田テツオさん」

オレは立ち上がった。立ち上がってから、別に立ち上がらんでもええやんと気づいた。

「あの、瓜生先生。座席表《ざせきひょう》を配ってもらえませんか？　オレ、よそから来たこともあって、誰《だれ》のことも知らんのです。表をもらったら、そしたらオレ、クラスのメンバーの顔と名前を早く覚えられる、か、な」

話しながらだんだん自信がなくなってきたオレ。

「なるほどね。みなさんの意見は？」

オレは立ったままドキドキして待っていた。ナミが手を上げて、

「ええと思うわ。便利やし」と言って、後藤が手を上げて、

「楽やと思う」と言って、ツグミも手を上げて、

「賛成《さんせい》」と言った。

「みなさんはいろんな小学校から来ているから、最初は出身校の子と仲良くしてしまうことが多いのは事実ね。だから早く、知らない人の顔と名前も覚えたほうがいいね。成田テツオさん、いい提案《ていあん》をありがとう。では座席表《ざせきひょう》を配ります」

「え?」と何人もが驚《おどろ》いた。もちろんオレも。

瓜生は、

「配ろうと思っていたら、成田テツオさんに先を越《こ》されてしまったわけ」と言って笑った。

もらった座席表を眺《なが》めた。こいつらがオレと一緒《いっしょ》の一年二組や。

瀬谷中学校の一年二組や。

そう思うと、ちょっとだけ元気が出た。

帰りの校門前で、また後藤と真砂に呼《よ》び止《と》められた。オレは重い通学カバンの持ち手を強く握《にぎ》り、走って逃《に》げる態勢《たいせい》になった。

「成田、あの提案《ていあん》は良かったな」と後藤。「あれで、お前がここの学区の小学生やなかったのが一気に知られたわけやから、手間が省けた」

「すごいやん、成田」と真砂が笑ったけど、馬鹿《ばか》にされているようにオレには思えてしまった。それは、オレがひねくれているだけかもしれんけど……。けど、口の右端《みぎはし》だけ上げた笑い方や、音の鳴らない指パッチンをしているところなんかが、オレを落ち着かせないんや。後藤

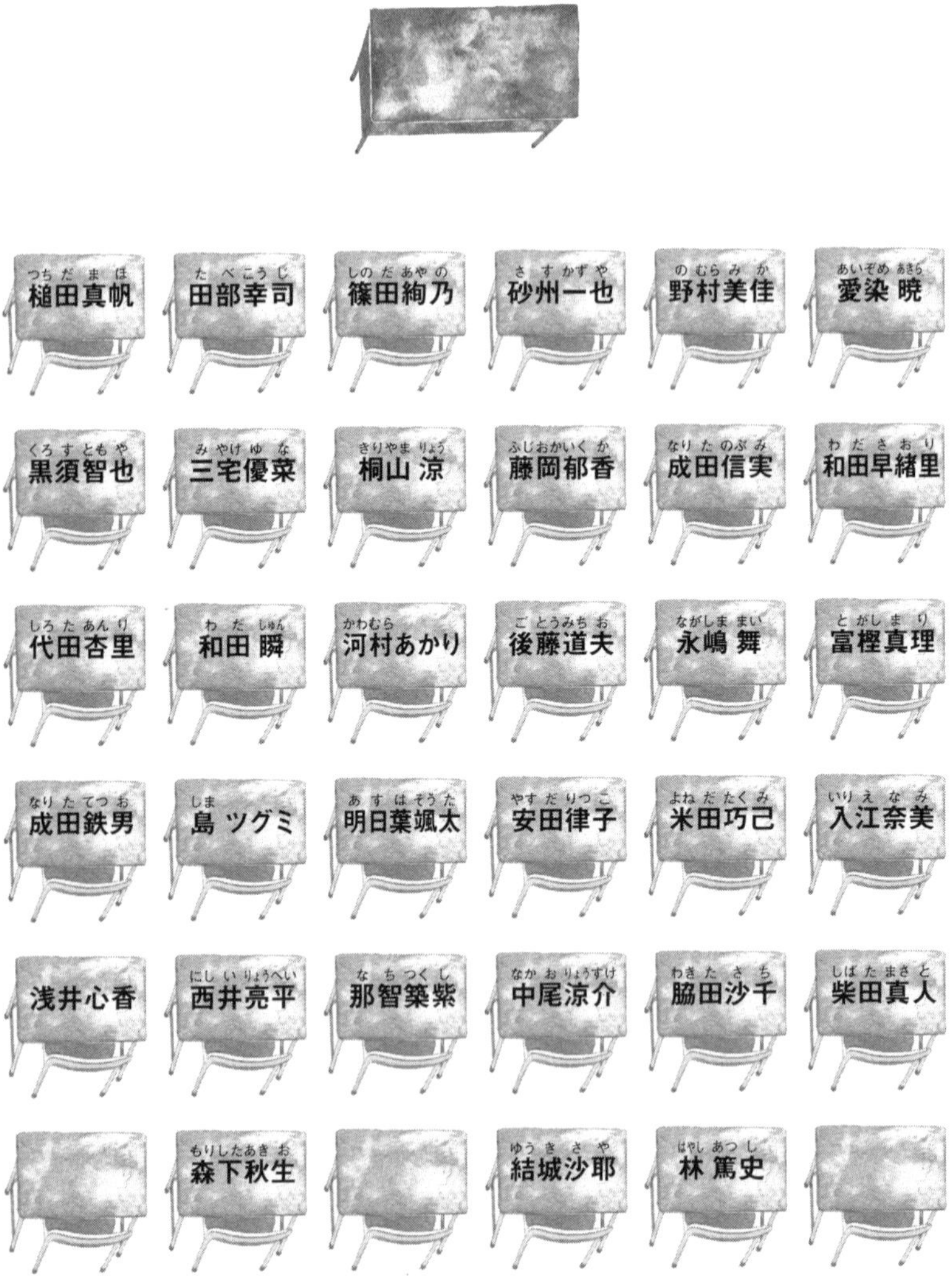
槌田《つちだ》真帆《まほ》
田部《たべ》幸司《こうじ》
篠田《しのだ》絢乃《あやの》
砂州《さす》一也《かずや》
野村《のむら》美佳《みか》
愛染《あいぞめ》暁《あきら》
黒須《くろす》智也《ともや》
三宅《みやけ》優菜《ゆな》
桐山《きりやま》涼《りょう》
藤岡《ふじおか》郁香《いくか》
成田《なりた》信実《のぶみ》
和田《わだ》早緒里《さおり》
代田《しろた》杏里《あんり》
和田《わだ》瞬《しゅん》
河村《かわむら》あかり
後藤《ごとう》道夫《みちお》
永嶋《ながしま》舞《まい》
富樫《とがし》真理《まり》
成田《なりた》鉄男《てつお》
島《しま》ツグミ
明日葉《あすは》颯太《そうた》
安田《やすだ》律子《りつこ》
米田《よねだ》巧己《たくみ》
入江《いりえ》奈美《なみ》
浅井心香
西井《にしい》亮平《りょうへい》
那智《なち》築紫《つくし》
中尾《なかお》涼介《りょうすけ》
脇田《わきた》沙千《さち》
柴田《しばた》真人《まさと》
森下《もりした》秋生《あきお》
結城《ゆうき》沙耶《さや》
林《はやし》篤史《あつし》

が言った。

「それでやけど、成田。お前はこれから瀬谷中学生やなあ」

「そうや」

「本当は土矢中学生になりたかったんやけど、そうなったんやなあ」と後藤が確認《かくにん》するみたいにオレの顔を見つめる。

土矢中学校やなく瀬谷中学校に行かなあかんと告白した時、小谷が寝返《ねがえ》りとかスパイとか言っていたのを思い出した。後藤らはオレにそういう要求をしようとしているのやろうか？

「それが、隠《かく》せぬ真実や」とオレは二人を交互《こうご》に見る。

あのう……、めちゃくちゃ怖《こわ》いんですけど。

通学カバンを持っている手に汗《あせ》が出てきたんですけど。

「オレ、今、走って逃《に》げるほうがええかな」と言ってみた。

「アホか、成田。今逃げても、明日も学校があるやないか」

後藤があきれた顔をする。言った本人のオレも、自分にあきれているからしょうがない。

「それはそうなんやけど、とりあえず今日だけでもと思ったんや」と続けてみた。

「成田、おもろすぎ」と後藤が笑ったので、そしてたぶんそれは本当の笑いやったので、ほっとしたオレは、思い切りニコニコした。

けど、せっかくできたオレと後藤のノリを、真砂が、

「ここ、笑うとこ?」と言って、ぶちこわした。

「オレはそう思うけど、違《ちが》うか真砂」と後藤の顔が真砂に向き、真砂の視線《しせん》も後藤に移《うつ》った。

逃《に》げるのやったら、このタイミングや。

と思うオレがいた。

「とりあえず逃げても、問題は解決《かいけつ》せんと、後藤が言うたんやろうが」

真砂が後藤の肩《かた》を指で突《つ》いた。

「それはそうやけど、とりあえず逃げたいという成田の気持ちもわかるやん。それを逃げたい相手のオレらに正直に言うてしまう成田って、おもろいと、真砂は思えへんのか?」と言いながら、後藤も真砂の肩を指先で突いた。

二人の会話を聞きながら、オレって、オレのいる前で、オレを無視してオレのことを話題にされやすいやつなのかなと、自分のキャラクター分析《ぶんせき》を始めてしまった。せやから、逃げるタイミングを失ってしまった。

「ああ、そうか、後藤はそこがおもろいのか。オレはむかつくけどな」

「真砂、そういうところちょっと鈍《にぶ》いからなあ」

「鈍い?　オレが?　何を言うてんね。オレはただ、まっすぐ正直に言うただけやろが」

「ははは、真砂。その点では、真砂と成田はちょっと似《に》てるかもしれへんな」

「オレとこいつが？　いくらなんでもそれはないやろ。お前、オレをなめてるのか？」

「違《ちが》うて、真砂。あ、成田、今日はもうええわ。オレら今から微妙《びみょう》な話をせんなあかんし」

どう言うたらええんやろう。オレは、今、めちゃめちゃびびって、逃《に》げ出《だ》したいけど、同時に、この二人ってきっと親友なんやろうなと、ちょっと感動していた。感動やない、うらやましかった。

「帰ってええんか？」

「そら、成田の勝手やろ。いちいちオレに断《ことわ》るな」

後藤がにらむ。

「ごきげんよう」と、オレは頭を下げた。幼稚園《ようちえん》の時の挨拶《あいさつ》を思い出してしまったのや。

☆

疲《つか》れた。ほんまに今日は疲れた。

家に帰り、制服《せいふく》を脱《ぬ》いで、テレビの前のソファーでいつのまにか寝《ね》てしまった。

目が覚めたオレは、ゆっくりと体を起こした。壁《かべ》の時計はもう午後七時やった。

「起きたか。よう眠《ねむ》ってたなあ。死んでないかと思って、濡《ぬ》れティッシュを顔に掛《か》けてみた」

母親がキッチンからそう言った。

「ああ、気がつかへんかった」

オレは立ち上がって思い切り伸《の》びをした。

「やっぱり相当疲《つか》れてるな、テツオ」

「なんでや？」

「私《わたし》、濡れティッシュを顔に掛けたって言うたんやで。そんなことしたら、ほんまに死ぬやないか」

背中《せなか》を向けて冷蔵庫《れいぞうこ》を開けながら、母親が言った。

「ああ、ギャグを言うてたんか。それも気がつかなかったわ」

背中に向かって応《こた》えた。母親がきゅうりを右手で持って振《ふ》り返《かえ》り、そのきゅうりをオレのほうに突《つ》き出《だ》した。

「テツオ、大丈夫《だいじょうぶ》か？」

「うん。中学校に緊張《きんちょう》してただけ」

そう言うと母親は、

「そうか。そやな。小学校から急に中学校やから、緊張するな。けど、誰《だれ》もがみんな経験《けいけん》することやで、テツオ。その緊張《きんちょう》を楽しんだらええ」と笑ってから、きゅうりをかじった。

洗《あら》ってからかじりや。

オレは、脱《ぬ》ぎ捨《す》てた制服《せいふく》と通学カバンを持って、自分の部屋に戻《もど》った。

戻ったとたん、やっぱりそのままベッドに倒《たお》れ込《こ》んだ。

今までの母親やと、ソファーで眠《ねむ》りこけているオレを張《は》り倒《たお》すか、揺《ゆ》すって起こしたはずや。そやのに、オレの目が覚めるまで放っておいた。

それはうれしいことか？

うれしくないわけやないけど、さみしかった。

黒カビはもうなくなっていたけど、夏になったらきっとまた出てくるのやろうな。いや、今年はもう出てこないかもしれないな。それとも、壁《かべ》の奥《おく》に逃《に》げただけかな？

今度、理科の深松に教えてもらおう。専門家《せんもんか》やもんな。中学校の科目を別々の先生が教えるのは、小学校より複雑《ふくざつ》やからやもんな。

問題は、その複雑さにオレがついていけるかどうかや。

授業《じゅぎょう》だけやない。一年二組そのものがもう、この二日だけでも、たった四人と話しただけでもかなりややこしいやん。三組の真砂もいるし。

ああ、中学校はややこしい。

母親はさっき、「誰《だれ》もがみんな経験《けいけん》することやで、テツオ。その緊張《きんちょう》を楽しんだらええ」なんて言うてた。校長も、保健室《ほけんしつ》の矢加部さんも似《に》たようなことを言うてたから、まあ、それはそうなんやろうけどな。

けどな。

オレはベッドから起き上がって、腰掛《こしか》けて、口に出して言った。

「オレには、初めてやんか！」

それからオレは、クローゼットにしまったランドセルを取り出した。通学カバンから教科書を出して、ランドセルに入《い》れ替《か》えた。

ドキドキしながら、左手を通し、次に右手を通し、ランドセルを背負《せお》った。三月まで普通《ふつう》にしていたことやのに、緊張したし、背負い方が前よりへたになってるのがなんとなくわかる。

でも、片手《かたて》で持つ通学カバンより、ランドセルのほうがずっと楽やった。

オレはそのまま部屋の中を歩き回った。

オレ、絶対《ぜったい》に、ランドセルが向いてる。絶対にこっちのほうが得意や。

ランドセルで中学校に通うのは禁止《きんし》はされてないやろうけど、きっとやばいな。

☆

次の日の一時限目《じげんめ》は学活で、各委員を決めることになった。

「最初だから委員長は私《わたし》が決めてもいいけれど、もし自分でやりたい人がいるなら立候補《りっこうほ》してください。複数《ふくすう》の場合は簡単《かんたん》に抱負《ほうふ》を述《の》べて、それから投票します」

オレの右斜《みぎなな》め前《まえ》で手が上がった。三宅優菜《みやけゆな》や。座席表《ざせきひょう》は便利じゃ。

「三宅ユナです。私、委員長に立候補します」

するとツグミが、

「そう来るのや」と言って、アンリが、

「当然やろ」と振《ふ》り向《む》かないで返事をした。

「他にはいませんか？」

瓜生が教室を見回し、下を向くやつもいるし、三宅を見つめているのもいる。オレも見つめて、「鼻が高いなあ」と考えている。三宅は誰《だれ》とも目線を合わせないで、あごをしっかりと引いて、まっすぐ前を向いている。

オレは、立候補した三宅ユナに感心していた。この度胸《どきょう》はどこから出てくるのやろう。

「では、三宅さん、一言話してくださいな」

瓜生がそう言って、三宅が前に出ていき、少しだけ息を吸《す》って、話し出した。

「昨日、成田テツオくんが言ったように、私《わたし》たちは三つの小学校から来ています。あ、成田くんを入れて四校です」

お、オレの話はしないでほしい。

「出身校は違《ちが》うけれど、瀬谷中学校一年二組に偶然《ぐうぜん》私たちは集まりました。だったら、一年二組として一つになるために何かの役に立てないかと思いました。クラスをまとめるために精一杯《せいいっぱい》努力します」

「反対の人がいなければ、委員長は三宅さんにお願いしますよ」

反対はなかった。

「三宅さん。副委員長を決める議事は？」

「私で大丈夫《だいじょうぶ》です」と三宅が言って、そのまま、「副委員長をやってくださる人はいませんか？」と続けた。すると、

「はい。ぼくが立候補《りっこうほ》します」とツグミを挟《はさ》んでオレと反対側の男子が手を上げた。

「やっぱり、その展開《てんかい》やな、ソウタ」と言ったツグミに、明日葉《あすは》ソウタが、ウインクした。

あ、こいつ、入学式で新入生代表で挨拶《あいさつ》したやつやないか。

「他に立候補者《りっこうほしゃ》はいませんか？」

三宅が明日葉をちょっと見てから、オレたちに問いかけた。たぶんこれで決まりやろうとオレは思った。すると、

「すみません」と手を上げたのが中尾涼介《なかおりょうすけ》やった。

「え〜と」

「あ、中尾リョウスケです」

「立候補ですか？」

「まず、質問《しつもん》です。三宅さんは、どこの小学校出身ですか？」

「私《わたし》は、瀬谷小学校です」

そうか、三宅はアンリたちと同じ小学校か。

中尾が今度は左斜《ひだりなな》め前《まえ》の明日葉に訊《き》いた。

「明日葉くんは？」

「ぼくも、瀬谷小です」

「あ、やっぱり。じゃあ、ぼくも立候補します。さっき、三宅さんは別々の小学校から来ているみんなを一年二組として一つにしたいと言いました。なら副委員長は瀬谷小学校出身者以外がいいと思うんです。ぼくは本間小学校出身です。早く、どこの出身かなんてどうでもよく

なってほしいですけど」

みんなが中尾に同調しているのがわかった。

「これが現実《げんじつ》やなあ、ソウタ」とツグミがつぶやいた。

立ち上がった明日葉は、

「中尾くんの意見に賛成《さんせい》です。ぼくは立候補《りっこうほ》を降《お》ります」と言った。

明日葉は無表情《むひょうじょう》やったから、何を考えているかよくわからなかった。

これで委員長と副委員長は決まりで、あとは各委員を誰《だれ》がするかで、辞退《じたい》バトルが始まるやろうというオレの予想は、また外れた。

「ほしたら、」と言いかけた後藤が、口を閉《と》じて手を上げた。

「はい。後藤くん」

「ほしたらやなあ。南谷小学校からも副委員長に入れてもええと思うで。オレ、立候補するわ」

そ、それはそうやけど。

「あと、別の学区から来た成田も入れてやったらええと思う。成田も立候補したら？」

三宅といい、後藤といい、なんで、オレを話題に引《ひ》きずり込《こ》むのや。

「はい」

前扉《まえとびら》の側《そば》に立っていた瓜生が手を上げた。

「先生。どうぞ」

「それだと副委員長が男子三人になってしまうよ」

「そうか。わかった先生。オレは降《お》ります。その代わり、南谷小学校を代表して、ココ、立候《りっこう》補《ほ》してくれへんか？」

ココ？　ココって誰《だれ》や。

オレはあわてて座席表《ざせきひょう》を見たけど、誰かわからなかった。

「別にいいけど」

オレの後ろで声がした。浅井心香《あさいここ》や。そうか。心香って、ココと読むのか。

「浅井ココさん、立候補しますか？」と三宅が訊《き》いた。

「だから、今、そう言ったよ」

「成田くんは？」と三宅が訊く。みんなの顔がオレに向く。

「副委員長が三人は多すぎると思います」

「そうやなくて、テツオがどうしたいかやろ」と、アンリがイライラした感じでつぶやくのが聞こえた。

それでオレはまた立ち上がってしまって、

「オレ、土矢小学校から来たので、瀬谷ではたぶんたった一人です。たった一人やのに代表いうのは落ち着かないし、辞退《じたい》します」と言った。

「土矢やて！」

「土矢やと」

「土矢なんか？」

「土矢とはなあ」

「謎《なぞ》の転校生と違《ちが》うのか」

「隣《となり》の小学校やんか」

いろんな声がして、その中に後藤の「しょうもないなあ」も聞こえた。

「後藤くんが提案《ていあん》しただけで、成田テツオくん自身は立候補《りっこうほ》を辞退しましたから、副委員長の立候補は中尾くんと浅井さんの二人になります。他にはいませんか？」

三宅がオレたちを見る。さっきより自信が顔に出ている。

誰《だれ》も立候補しなかった。

「では、この二人から一人を選ぶか、それともさっき後藤くんから提案されたように二人を副委員長にするかです。瓜生先生、副委員長が二人でもかまわないのですか？」

「かまわないけど、三役ということで、二人を副委員長と書記に割《わ》り振《ふ》る手もありますよ」

「でも、二人は副委員長に立候補《りっこうほ》したので、書記に立候補したのやないです、先生」

「そうやね。ごめん。委員長、進めてください」

「では、この二人を副委員長でよろしいですか？」

「提案《ていあん》です、議長」

後ろから浅井の声がした。

「委員長と副委員長は女子と男子でいいと思うよ。だから私《わたし》は書記をやる。それで書記を決める手間も省けたし、さあ、各委員を決めよう、決めよう」

ものすごい仕切り方をするやつや。

それから学活は順調に進んでいって、体育委員、文化委員、図書委員、保健《ほけん》委員、美化委員と次々に決まっていった。

その間、オレは下を向きながら考えていた。

三宅と瓜生とのやりとりは迫力《はくりょく》があった。

浅井の仕切り方はすごかった。

中尾の指摘《してき》は鋭《するど》かった。

後藤のツッコミもど真ん中に当たった。

明日葉の引き方は見事やった。

アンリやツグミやナミのオレに対するいじくり方も他人事《ひとごと》やったらきっと、オレは感心した。

なんてことを。

そして、オレは落《お》ち込《こ》んでいった。こんなできるやつらの中でオレは、小学校からの友達も知り合いもないままでやっていけるやろうか？　転校生やと、まだましかもしれない。まったく縁《えん》のなかった人間が現《あらわ》れたわけやから。

けど、土矢小学校から来たとわかった時のみんなの反応《はんのう》から考えたら、オレの立場は微妙《びみょう》すぎる。

ここに小谷と菱田がいてくれたら、どんなにうれしいやろ。

けど、けど、アンリ、ツグミ、ナミ、後藤、真砂と、もう知り合いができたやん！　きっと友達にもなれるやん！

と自分を励《はげ》ましたけど、心は盛《も》り上《あ》がってこなかった。

委員を決めながら、だんだん調子に乗ってきて、

「ノブミくん、小学校の時から読書嫌《どくしょぎら》いやから、図書委員に推薦《すいせん》！」

「推薦するな、アホ」

「ナミ、幼稚園《ようちえん》の時からずっとアイドルを目指してるのやから、美化委員がええよ」

「アイドルと美化になんの関係があるねん」

冗談《じょうだん》を言い合うみんなの中で、オレ一人が取り残されている気がした。

「○○は、成田テツオくんを推薦《すいせん》します」

？

なんや？

今、誰《だれ》かがオレの名前を言うたぞ。

オレは、顔を上げた。

「推薦しますって、お前は成田のことを知ってるんか。オレはちょっとは知ってるけど」

後藤がこっちを向いてにらんでいた。

なんで、オレをにらむのや、オレは何も発言してないぞ。それに、オレは成田テツオのことを、後藤以上によく知ってるぞ。

違《ちが》った。後藤が見ているのはアンリやった。

「後藤くん。座席表《ざせきひょう》を持っているのやから、ちゃんと見てや。私《わたし》は『お前』やなくて、代田アンリや。私が成田くんを推薦するのは、南谷でも瀬谷でも本間でもない隣《となり》の学区の土矢から来たたった一人の男子やからです。彼《かれ》ほど、このクラスのことを公平に正確《せいかく》に伝えられる人物はいないと思います」

アンリも、オレを話題にあげよる。けど、アンリやと、ちょっとうれしかった。

ん？

アンリは、オレを何に推薦《すいせん》したん？

「そういうことやったら、成田に委員長になってもらうほうがええと思うなあ、オレは」

「後藤くん、発言は手を上げてからにしてください」と三宅。

アンリがオレの前で手を上げる。

「テツオに、委員長は無理、無理」

後藤が手を上げる。

あれやな。いちいち手を上げる瓜生の方針《ほうしん》にオレは今、強烈《きょうれつ》に反対したいな。

「お前ら、えらい親しそうやな。昨日もその三人でよく話してたし」

やっぱり、後藤はオレを観察してたんや。

ツグミが手を上げる。あかんて、ツグミ。オレとアンリが、高橋洋装店《ようそうてん》で隣同士《となりどうし》のブースで着替《きが》えをしたことは絶対《ぜったい》に言うな。

「そら、私《わたし》とアンリと成田くんは席が近くになってもう三日目やもん」

ほっとしたオレ。

「後藤くん、島さん、話題がそれていますと」と三宅が言ったので、オレは手を上げた。

「いったいオレは、何委員に推薦《すいせん》されたんですか？」

「ほら、人の話を聞いてない。せやから委員長は無理、無理」とアンリ。

「成田が人の話を聞かない時があるのは、オレも賛成《さんせい》やな」と後藤。

オレは、本当に、オレの知らないうちに、オレを無視《むし》して、オレが話題の中心になるキャラクターなのやな。

「成田くんは、代田さんから、こうほう委員に推薦されました」と三宅が、黒板を指さして教えてくれた。だからオレは、それが後方委員やなく広報《こうほう》委員やと、速攻《そっこう》でわかった。

「それは何をするの？」

「瓜生先生、何をするのですか？」と三宅が瓜生に振《ふ》った。

「広報は、学校行事の情報《じょうほう》をクラスに伝えることもあるけれど、クラスのことを他のクラスや学年に伝えたりもします。新聞みたいなチラシを作って配ることもします。それと、学校全体の情報やお知らせを地域《ちいき》に流したりの仕事もあります。これはＰＴＡのみなさんと一緒《いっしょ》にしますよ。どう、成田テツオくん。せっかく推薦されたのだからやってみる？」

オレは、何もしたくなかった。黙《だま》って静かにしていたかった。けど、断《ことわ》る勇気もなかった。せっかくアンリが言うてくれたこともあるし。

「わかった」とオレは口に出していた。

亀岡アヤノの国語。新藤《しんどう》タイチの英語。瓜生ナオコの数学と終わって、この日もオレはコロッケパンと白あんパンを買った。

「ナリーは進歩がないなあ」とツグミが言って、「今日はこれと交換《こうかん》してあげるわ」と、フォークに突《つ》き刺《さ》した卵焼《たまごや》きをくれた。

ひょっとして、オレ、飼《か》い犬《いぬ》みたいに扱《あつか》われているのやろうか？　という疑問《ぎもん》が浮《う》かんだ。

アンリは、ツグミとオレのそうしたやりとりを無視《むし》していた。

なんでや？

「この子、島さんのカレシ？」

ウッ。その質問《しつもん》はオレの背中《せなか》から来た。浅井ココや。

「あ、違《ちが》う、違う。遊んでるだけや、浅井さん」

遊んでるのか、ツグミは。

「ああ、そうなの」

簡単《かんたん》に納得《なっとく》する浅井ココ。

「浅井さん、私《わたし》のことツグミでいいよ。浅井さんのこともココって呼《よ》んでいい？」

「呼びたければ」

「ありがとう。でな、でな、この子はナリー」とツグミがフォークを、オレに向かって突《つ》き出《だ》す。

「成田くんだからナリー？　普通《ふつう》、テツオって呼《よ》ぶんじゃないの？」

そうだと、オレも思う。

「ナリーの前に座《すわ》っているアンリは小学生の頃《ころ》からの私《わたし》の親友。彼女《かのじょ》はナリーをテツオって呼んでいる。でも、南谷小学校から来た入江ナミさんもナリーがいいって。ココはどっちがいい？」

「ナミらしいチョイスやな。でも私は面倒《めんど》くさいから、テツオでいいや」

面倒くさいんや。

「ナリーって、なかなかキャラクターが決まらないね」とツグミが心配そうな顔をしたので、「決まらなくてええ。オレはオレやから」と応《こた》えた。

午後の授業《じゅぎょう》は、敦賀《つるが》シンイチの社会と、岡田《おかだ》ユキコの音楽。

それで終わり。

今日もオレは疲《つか》れて、そのあと、瓜生が、

「放課後、余裕《よゆう》がある人は部活巡《ぶかつめぐ》りを始めてください。この前、各部活の先輩《せんぱい》たちがした紹《しょう》介《かい》も参考にして、参加してみたい部を探《さが》してみる。なければ入らなくてもかまいませんが、一《いち》応《おう》、見学したほうがいいと思います。ひょっとしたら、みなさんのこれからの方向性《ほうこうせい》を決める部活があるかもしれません。いろいろ巡《めぐ》ってどれにするか考えてください」と言ったけど、オレにはもう、その元気は残っていなかった。

この日が金曜日で良かった。明日から二日間、中学校に来なくていい。

けど、帰りにまた、後藤と真砂に捕《つか》まった。校門を出て、門の端《はし》っこの塀《へい》の辺りで話した。

「昨日の続きや、成田」

「続きって、後藤らが微妙《びみょう》な話があるって、オレを帰してくれたんやないか。もうええやろ」

「いや、あそこでは、オレと真砂で少し意見が違《ちが》ってたから、成田には帰ってもらったんや。それくらい、見てたらわかったやろ。ほんで、二人の意見を一致《いっち》させたから、こうしてもう一度成田を呼《よ》んだわけや」

「そういうこと」と真砂がうなずいた。

「今日も逃《に》げたいか?」

「ああ、逃げたい」

「そしたら、さっさと話をするぞ。お前はもう、瀬谷中学生でええねんな」

「この校章を見たらわかるやろ。Sに中と書いてある」

「そうそう。それもらった時にオレ、思ったんやけど、土矢中学校の校章はDに中かな？」

と後藤が訊《き》いてきた。

「そんなこと知るわけないやろ。オレは土矢中学生やないから」

「Dに中やない。ただの『土矢』や。つまらん中学や」と真砂が横から言った。

「なんで真砂が知っているねん」

「土矢中学校のホームページで確認《かくにん》した」

疲《つか》れていたからやと思う。オレはびびっていたけど、イライラもしてきた。声も大きく出てしまった。

「せやから、お前ら、オレにどうしろと言うねん」

そしたら真砂が口の右端《みぎはし》を上げて笑ってから、低い声で言った。

「しめるぞ、コラ」

やっぱり怖《こわ》かった。後藤が真砂とオレとの間に入った。

「あのな、成田。要するにオレらに付くか、小谷らに付くか。それだけが訊きたいねん」

ああ、ややこしい。

この時のオレは、たぶんこれまでの、ひょっとしたらこれからも含《ふく》めての人生で、一番勇気があった気がする。

「どっちにも付けるかい！　オレは瀬谷中学校の生徒やけど、小谷や菱田の友達や。そんなこと後藤にもわかっているやろうが」

「が」や。小谷の使う怖《こわ》い「が」や。

膝《ひざ》は震《ふる》えていたし、涙《なみだ》が出そうやったし、きっとそれは後藤も気づいていたに違《ちが》いない。オレはそこまでが精一杯《せいいっぱい》で、下を向いた。

「な、真砂。成田は根性《こんじょう》なくてアホそうに見えるけど、こういうとこは、しっかりしてるねん」

後藤が、真砂を見た。

オレ、ほめられてるんか？

正直に言う。この時のオレは、ちょっとうれしかった。

うれしかったけど、今やったら逃《に》げられるかも？　と昨日と同じことも思った。

その間に後藤がこっちに顔を戻《もど》して、真砂は後藤の横に並《なら》んだ。

「成田。そしたら、それでええわ」

真砂が、オレを見てうなずいた。

どういうこと？

「オレらと成田は、友達にはなれんということや」と後藤が説明してくれた。

「それは、わからないやろ」

「そうかな？」

「みんな仲良うしたらええやん」と言いながらオレは、自分の言うてることが、すごく嘘《うそ》くさく聞こえた。後藤は、オレの言葉を完全に無視《むし》して言った。

「けど、成田は瀬谷中学校の生徒になった。なりたくなかったかもしれないけど、なってくれた。せやから、まあ、よう来てくれたな成田」

後藤が右手を伸《の》ばしてきた。

握手《あくしゅ》か？

怖《こわ》いけどオレも右手を伸ばした。

良かった。ほんまに握手やった。

「真砂、行こか。成田、オレらは今から塾《じゅく》やし、そしたら、来週な」

オレの返事を待たずに後藤が背中《せなか》を向けた。真砂の無表情《むひょうじょう》が気になるけど、体から力が抜《ぬ》けて、おしっこをしたくなった。また、校門をくぐって、学校のトイレですっきりした。

家に帰ったオレは、制服《せいふく》も脱《ぬ》がないまま自分のベッドに仰向《あおむ》けになって、ポテトチップスを食べた。チップスの欠片《かけら》や塩が顔の上に落ちてきて、今のオレの顔、完全にアホに見えるやろうなって思った。

ベッドから起き上がり、洗面所《せんめんじょ》の鏡で顔を見たら、まだチップスの欠片《かけら》が眉毛《まゆげ》や頬《ほお》について いて、間違《まちが》いなくアホの顔やった。

顔を洗《あら》い、もう一度鏡を見る。

「オレ、『みんな仲良うしたらええやん』なんて、ええかげんなことを言うた。後藤にはそれがわかって、無視《むし》されたのや」と口に出して言ってみた。

キッチンに入って冷蔵庫《れいぞうこ》から麦茶のボトルを出した。コップに入れずに直接《ちょくせつ》飲もうとしたら、口から溢《あふ》れて、制服《せいふく》に掛《か》かり、床《ゆか》もびしょびしょになった。

「何してんねん、オレ」

床をモップで拭《ふ》いていたら、泣きそうになった。

小学生は、もう少しシンプルやった気がする。

制服を脱《ぬ》いで、自分の部屋の本棚《ほんだな》にハンガーのフックを掛けて干《ほ》した。明日、明後日は制服を着ないでいいし、月曜日までには乾《かわ》くやろう。

そうや、明日、オレ、そうや、行こう!

☆

「お迎《むか》え、ご苦労さん」

朝の九時。土矢小学校前の土矢二丁目の一つ手前の一丁目のバス停で降《お》りて、待っていた小谷にそう言ったら、

「進歩がないやつ」と肩《かた》で胸《むね》をごつんとやられた。くすぐってはくれなかった。

やりかえそうとして、オレは小谷の姿《すがた》を眺《なが》めた。

「それ、土矢中学校の制服《せいふく》やん」

「そうや。小学生の頃《ころ》、これを着ているやつを見たら怖《こわ》かったな。けど、成田はなんでTシャツにジーンズなんや？」

「休みの日やもん」

「そうか。休みやったら私服《しふく》でもええんかな。オレ、考えるの面倒《めんどう》やから」

オレは、ジャケットにネクタイ姿の小谷がすごく大人っぽく見えた。小谷が言うように、小学生の時、この制服を着た中学生を見ると怖かった。せやから、今の小谷は、小学生から見たら怖いのかもしれない。

「あ、やっぱり土矢やな、こったん」

オレは、小谷の制服《せいふく》の襟《えり》に留《と》めてある校章を指さして言った。

「意味がわからへん」

「あのな、こったん。瀬谷中学校の校章はSに中って字が重ねてあるねん。せやから、土矢もDに中かなって思ってた。けど、そうやなくて『土矢』って字だけやねんな」

「Sに中か。瀬谷中学の校章、かっこいいな。土矢ってそのままや」

オレはそれでも土矢が良かった。

「あ、けど、『やっぱり』って、どういうことや?」

「ああ、それはな、こったん」

立ち話やと、重い感じの話になってしまいそうやったから、オレは小谷と並《なら》んで歩き出した。

昨日今日と、後藤とその連れの真砂とのやりとりを教えた。

話したこと。その中で、真砂が土矢の校章を調べたと言っていたこと。

間で、いろいろツッコミを入れてほしかったけど、小谷は黙《だま》って聞いていた。小谷はやっぱりちょっと変わったと思う。それが、さみしかった。

「成田。ようがんばったやん。オレ、うれしい。後藤も案外ええやつかもしれないやん。オレとしてはまだ判断《はんだん》はできないけどな。これからどうなるかはオレにもわからん。もし何かあってもすぐには助けに行かれへん。けど、きっと大丈夫《だいじょうぶ》やて。もしかしたら、ほんまに後藤たちと友達になれるかもしれへんやろ。なられへんかっても、元々そうやねんからそれでいいし」

小谷がオレの肩《かた》を叩《たた》いた。

「成田、変わったなあ。あ、ええほうにやで」

「ええほうって?」

「大人になったやん」

「そんなこと、こったんにわかるわけないやんか」

「そやな」

「そやなって、今、言った『大人になったやん』は、単なる思いつきか」

「でもないけど」

昨日の夜、オレは小谷と菱田に電話をした。菱田はゴールデンウィークを避《さ》けて、家族で一泊旅行《ぱくりょこう》に行く予定が入っていた。

『早く、会いすぎやと思うでテツオ。一昨々日《さきおととい》、ゴールデンウィーク辺りで、会おうかって言ったやん』

そう言ったのは菱田で、オレやないとか、心の中でオレは思ったけど、黙《だま》っていた。

「ひっしゃん、この前の電話で、一組で孤立《こりつ》しておくって言うてたけど、どうした？」

『新入生代表で目立ったから、なかなか難《むずか》しいけど、後ろの席で静かにしてる。けど、目立ったせいで逆《ぎゃく》に、御館《おかん》小学校と御屯《おとん》小学校から来た子の中からも、友達になりたがる子も出てきた。文句《もんく》言う子もいるけど、そんな子もいる。孤立は、やっぱり無理かもしれん』

「良かったやん」

『テツオは、そう思うか？』

「うん、うん。めちゃくちゃ、そう思うで」

『わかった。静かにはしておくけど、気が合いそうな子と会えたら仲良くなる。無理して孤立はしないでおく。おおきにな、テツオ』

オレは、菱田がまだ友達でうれしかった。けど、新しい友達ができたら、どうなるかわからないなと思った。

……オレのほうが後ろ向きや。

「着いたで、成田」

小谷の声がして、オレたちはルンルン・カフェの前に立っていた。

「なつかしいなあ、成田」

「うん」

ルンルン・カフェは、古くからあるお店らしい。六年前までは「喫茶《きっさ》ルンルン」という名前でやったのが、改装《かいそう》して今の、ガラス張《ば》りで店内がよく見える禁煙《きんえん》カフェになったと、店をやっている里山聖子《さとやませいこ》さんから聞いた。里山さんはおとうさんからこの店を継《つ》いだ二代目。

オレたちが、なんでルンルン・カフェを知っているかというと、こどもの日にここは子どもカフェになるからや。この辺りでは、果物屋、パン屋、お好み焼き屋、スーパー、いろんな店が参加して、オレたちに一日、店を任《まか》せてくれる。

オレと小谷は、ルンルン・カフェが気に入って、土矢小学校三年生の時からここでウエーターをやっている。菱田は果物屋が好きで、いや果物が好きで、そっちに参加している。

こどもの日の二週間前から休みの日や学校の帰りにルンルン・カフェに行って、里山さんと一緒《いっしょ》にメニューを考える。サンドイッチの中味をキウイやリンゴにしたフルーツサンドとか、お好み焼きを挟《はさ》んだ「なんでやねんサンド」はオレが考えた。五年生の時の、かき氷にカレーを掛《か》けたカレーフラッペは、めちゃくちゃ評判《ひょうばん》が悪くて、オレは客のみんなに笑われた。試食の時オレはおいしいと思ったし、里山さんもまずいとは言わなかったけど、今から考えたらまずいのわかってて、わざとメニューに加えたのやと思う。里山さんは、そういうおもろい人や。

メニューを考えるのも好きやけど、オレが一番好きなのはお客さんの相手。お水を出して、注文を取って、カウンターの向こうでみんなが作った料理や飲み物をテーブルに運ぶ。

「いらっしゃいませ！」って言うのんも、「ありがとうございます！」って言うのんも大好きや。お客さんが笑って「ごちそうさま」って言ってくれるのも大好きや。

去年のオレはみんなから店長に選ばれて、店を仕切った。

あのテーブルのお客さんが手を上げているとか、あそこのテーブルの注文が遅《おく》れているとかを気をつけて見ていないとあかん。もちろんウエーターもしているから、忙《いそが》しすぎるんやけど、疲《つか》れるんやけど、楽しかった。

小谷が制服《せいふく》の前ボタンを外しながら言った。

「お前がここに来たかった気持ちはわかるわ」

外から見ると店の中に、お客さんはいなかった。

ルンルン・カフェが忙しいのは、朝早くのモーニングサービスの時間。そして昼のランチ。それから午後のティータイム。せやから、今はモーニングが終わって、ランチの仕込《しこ》み中《ちゅう》。

オレ、詳《くわ》しいなあ。何しろルンルン・カフェのこどもの日店長やもんな。

ドアを開けると、カウンターの向こうから山下《やました》さんが顔を出した。山下さんはルンルン・カフェで、料理やケーキを作ったりする。

「おや、成田くんと小谷くん。久しぶりやねえ」

オレは自分の店のように、カウンターに近づいて、折りたたんだナプキンの数が減《へ》っていないかを目で確《たし》かめた。水を出すコップはきれいに乾《かわ》いて、ピカピカに磨《みが》かれている。カウンターの下の棚《たな》に並《なら》べられている砂糖入《さとうい》れのふたを開けて、減っていないか確かめる。

「砂糖、継《つ》ぎ足《た》そうか？」

「さすが元こどもの日店長の成田くん。よう気がつくね。でも、私《わたし》がやるからいいよ。座《すわ》って、座って。里山さん、呼《よ》んでくる」

オレたちは、ドアの近くの席に座った。ここが一番テーブルで、奥《おく》に向かって四番まであって、それと並んで壁側《かべがわ》に五番から八番。

注文票の左上にはテーブル番号を書くところがあって、そこに七番とか書いておけば、どのお客さんの注文かがわかるわけや。

オレは、せっかく座った席を立ってカウンターに行き、コップに水を注《つ》ごうとした。

「あ、成田くん、私がするし、席に座っておき」

里山さんが二階から下りてきた。母親より五つ若い三十五歳《さい》や。来月の六日で三十六歳になる。

いつも子どもカフェの日、里山さんは「今日は私《わたし》の○○歳《さい》の最後の日です」って言うから知っている。

オレが席に戻《もど》ると、里山さんが片手《かたて》で支《ささ》えた銀盆《ぎんぼん》に水の入ったコップ二つをのせて持ってきた。

かっこええ。クールや。

オレもいつかは片手で、それも指三本で銀盆を持ってみたいけど、まだ無理や。去年もしっかりと両手で持って運んでいたもんな。

里山さんは音も立てずにコップをテーブルに置く。

「二人とももう、中学生やね。お祝いに何か一杯《いっぱい》サービスしときましょう。小谷くんはやっぱり……」

「ミックスジュース！」

小谷が、小学校の頃《ころ》のように思い切り手を上げた。中学の制服《せいふく》を着ているから、なんか変な感じがしたけど、オレはうれしかった。

「成田くんは、カレーフラッペ？」

「今でも、できるんですか？」

「できません」

「ほしたら、フルーツパフェ」

「OK。山下さん。一番テーブル、ミックスジュースとフルーツパフェをお願いします」

山下さんが作ってくれたんを、里山さんがまた銀盆《ぎんぼん》で運んでくれた。

「小谷くん、制服似合《せいふくにあ》っているよ。成田くんは瀬谷中学に行ったんやね。どんな制服か、今度見せに来てね」

「うん」

「こいつとこの制服、詰《つ》め襟《えり》やから暑苦しいで、里山さん」

「私《わたし》は詰め襟の制服、わりと好きやよ」

それからオレは小谷のミックスジュースを半分飲み、小谷はオレのフルーツパフェからメロンとバニラアイスを食べた。

二番テーブルのイスに座《すわ》ってオレらを眺《なが》めていた里山さんが言った。

「こうして見ていると、二人とも大きくなったわ。最初に来た時、四年生？」

「三年生や」とオレ。

「そう、三年生の時は、まだ子ども、子どもしていて、かわいいだけやったけど、今はちょっと頼《たの》もしい」

小谷が、

「ほんま?」と訊《き》いた。

「ほんま、ほんま」と里山さんが小谷の頭をなでた。

「そんなふうにしたら、子どもみたいやん」と小谷が少し甘《あま》えた声で言った。

オレは、自分の顔がニコニコしてくるのがわかった。気持ちもホカホカしてきた。

なんかしら、小学生に戻《もど》った気分になってきた。せやから、

「里山さん、今年の子どもカフェのメニューやけど、オレがまた考えます」と言ってみた。

そしたら、里山さんは立ち上がり、空になったミックスジュースとフルーツパフェの食器を、二番テーブルに置いていた銀盆《ぎんぼん》にのせた。それを両手で持って、カウンターに戻《もど》り、山下さんに渡《わた》した。

そのあと里山さんは、カウンター席に座《すわ》って、オレを見た。

「それはできないよ、成田くん。今年のメニューは土矢小学校の生徒が考える。去年五年生やった宇都宮《うつのみや》さんや、四年生の高階《たかしな》くん。昨日も学校帰りに寄《よ》ってくれて、少し相談したんやよ」

オレのホカホカ気分が消えていく。

「それはそうやけど、ちょっと手伝ってみようかなと」

里山さんが黙《だま》っている。

「ほら、オレ、メニュー考えるの得意やし。なんやったら、こどもの日、ウエーターも手伝いますよ」

なんかオレ、必死になっていた。どうしても、どうしても、子どもカフェに参加したい。

まだ里山さんは黙《だま》っている。

「オレ、元こどもの日の店長やから……」

里山さんがカウンター席で少し前屈《まえかが》みになり、オレの目を見た。

「ええか、成田くん。ここからきついこと言うよ。

成田くんは確《たし》かに元店長。それも優秀《ゆうしゅう》な店長やった。けどな、元店長は、もう店長やないよ。今年の店長は雪白《ゆきしろ》ほのみさんに決まった。覚えているやろ。ほら、去年、カウンターの中でよく働いてくれてた」

もちろん覚えている。オレは、一個《こ》年下やのに、オレや小谷よりしっかりしてるなあって、終わったあとの反省会で雪白をほめた。それと、オレたちの卒業式で送辞を読んだ時の落ち着きようには驚《おどろ》いた。

「あんな、成田くん。子どもカフェは小学生のイベントなん。君はもう中学生やから参加はできない」

「けど、中学生もまだ子どもやん」と小谷が言った。きっとオレを助けようとしてくれたのや。

「そうやな。まだ子どもやな。けどな小谷くん、成田くん。君らは、そろそろ子どもを卒業し始めるねん。小学生の時は、前も後ろも上も下もみんな子どもやった。そして、中学生になった今、二人は、大人の方角へ向いて進み始めたん。二人はもう、子どもだけでできてない。子どものままではいられへんようになっていくの。ワイエーの始まり」

「ワイエー？」とオレがなんのこっちゃという顔をしたからか、里山さんが注文票に何か書いて、イスを下り、オレたちのテーブルに置いた。「ＹＡ」という文字とその下に、

「Young Adulthood　ヤングアダルト」とあった。

「これ、何？」

オレが紙を指さすと、里山さんが教えてくれた。

「ＹＡはヤングアダルトの略《りゃく》。ほんで、それは、そろそろ子どもやなくなり始めているけど、まだ大人とも言えない時期のこと」

「子どもでも大人でもないって、オレら、めちゃめちゃややこしい人間なんか」

小谷が紙を指さした。

「まだ大人やないし、子どものままでいたいのに、大人扱《あつか》いされるってこと？」とオレは、カウンター席に戻《もど》った里山さんに訊《き》いた。

そしたら、里山さんが、大きく口を開けて笑った。オレの好きな笑い方や。

「一般的《いっぱんてき》にはその逆《ぎゃく》の意味やねんけど。つまり、自分ではもう子どもやないって思っているけど、周りからはまだ大人とは認《みと》められない時期のことをヤングアダルトって呼《よ》ぶの。せやから、この時期の子どもは、大人と認めてほしくて、イライラするって言われている。けど、成田くんの説明のほうがいいなあ。やっぱりいい発想するよ」

オレ、ほめられたん？

「いいか、よう聞きや成田くん。君はもう子どもカフェを卒業したの。今度、五月五日に来てくれたら、その時の成田くんと小谷くんはお客さんになるしかないの」

そうやとはわかっていた。わかっていたけど、里山さんからはっきりと言われると、ショックやった。

「そしたら、今度のこどもの日は、お金払《はら》うんやな」

「そうやで、小谷くん。子ども料金やけどね」

「中学生は、つらいなあ」

小谷が頭をかいた。

「二人は今、中学生という身分やと考えてみたら？」

「身分って？」

小谷が水をずずっと飲んだ。オレはつばを飲《の》み込《こ》んだ。

「一人、一人、個性《こせい》も成長の度合いも違《ちが》うよね。けど、ある程度《ていど》同じ年齢《ねんれい》の人を集めて教育しているのが学校やろ。そうすると、一人一人の個性を伸《の》ばすようにはしたいけど、同時に、みんな一緒《いっしょ》に中学生というまとまりとしても扱《あつか》う必要もある。それを身分やと考えたらどう？　ってこと。中学生であることからは逃《のが》れられないのやったら、中学生という身分が、小学生とどう違うのかを観察するつもりでいたらええのと違う？

そうしたら、新しい生活も楽しめるかもしれない。

小学生時代に戻《もど》りたいと思ったり、もっと早く進みたいと思ったりするやろうけど、迷《まよ》ったり失敗したりもするやろうけど、それも全部、中学生という身分を与《あた》えられたから起こることやと思って楽しむの。

こんなこと言うたら学校の先生に怒《おこ》られるかもしれんけど」

オレは、そんなふうに考えたことはなかった。

「里山さん、そろそろ」カウンターの後ろから山下さんが声を掛《か》けた。

「あ、そうやね。今からランチの準備《じゅんび》で忙《いそが》しいから、二人とも、もう帰り」

オレたちは、ルンルン・カフェを追い出された。オレは、ランチ食べるからもう少しいさせてって、言いたい気分やったけど……。

「成田、小学校にも寄《よ》ろうか？」

店を出てから、小谷が言った。

「なんで？」

「なんでて、お前、小学生に戻《もど》りたいって思ってるんやろ」

「思うてないわい」

「思うてるやろうが」

「ないって」

「けど、さっき、里山さんに結構《けっこう》しつこかったやろうが」

オレは、腹《はら》が立ってきた。腹が立ってるのが、小谷にか、オレ自身にかがわからへんから、余計《よけい》に腹が立ってきた。

「『が』、『が』って言うな。こったんがその言い方した時、オレ、びびってるねんぞ、アホが」

「お前かて、今、『が』って使ったやないか。あ、確《たし》かにびびるな」

「今頃《いまごろ》、気づくな」

「気づいただけましやろうが」

オレがよく知っている小谷が戻ってきた。

「こったん。確《たし》かに、オレ、中学校生活で、ウロウロしてる。けど、大丈夫《だいじょうぶ》やから。いざとなったら、小学校の頃《ころ》の友達が二人おるし」

「おるなあ」

小谷はにやにや笑った。

「おおきに。オレ、もう帰るわ」

「わかった。もう帰り」

「こったんは、里山さんか」

バス停に近づいてくるバスを発見したオレは、土矢一丁目のバス停に走った。

「今度、オレらが、そっちに行くしなあ、成田」

背中《せなか》が温かくなった。

バスに乗ってもオレは後ろを振《ふ》り向《む》かなかった。


家に戻《もど》るとテーブルの上にメモがあった。

「今日はとうさんとデートしてくるわ。ランチに映画《えいが》や。晩《ばん》ご飯《はん》までには帰るし」

そうか。

オレは自分の部屋に入って、中学生という身分について考えた。

校長も、矢加部さんも、母親も、そして里山さんも、みんなオレがもう小学生とは違《ちが》って、大人になり始めているんやと言った。こんだけの大人が言うんやし、オレかてそれはわかっているつもりや。わかっているけど、困《こま》ったなあって気持ちや。

けど、身分やと考えたら、それは中学生みんなに与《あた》えられたものやと、よくわかるから、ちょっとは楽になるような気がした。

クローゼットを開け、上の棚《たな》にあるランドセルを見つめた。

オレ、いくら今の身分が中学生でも、やっぱり、あれ、好きやんな。それは別にかまへんやんな。

ランドセルを下ろして、ベッドに座《すわ》り、かぶせを開け、ランドセルの中に顔を押《お》し込《こ》んだ。

目をつぶると、消しゴムと、給食のパンと、定規《じょうぎ》と、鉛筆《えんぴつ》と、汗《あせ》と、いろんな匂《にお》いが混《ま》じってるのがわかる。

ええ匂いや。

心が、すっと軽くなる。

もっともっとかいでいたい匂いや。

オレのランドセルの匂いやもん。

五回ほど匂いをかいで、ゆっくりと目を開けた。

クローゼットに制服《せいふく》が見えた。

オレはランドセルを左手にぶら下げたままで、制服の胸《むね》を右手で触《さわ》った。

昨日こぼした麦茶で、まだ濡《ぬ》れている。

ランドセルを机《つくえ》のサイドにあるフックに掛《か》けてから、制服を取り出して部屋を出た。

それから、裏庭《うらにわ》の竿《さお》に、ハンガーのままで制服をぶら下げた。両親が帰ってくるまで、ここに干《ほ》しておいたらきっと乾《かわ》くやろう。

庭から家の中に戻《もど》ったら電話が鳴った。

菱田からやった。

オレは子機を持ったまま階段《かいだん》を上りながら話した。

「どないした、ひっしゃん。家族旅行の真っ最中やろうが」

『そう。小浜温泉《おばまおんせん》。アメリカ大統領《だいとうりょう》とは関係ないけど』

「しょうもな」

『あのな、テツオ。親は中学生になった祝いにスマートフォンをオレに買っていたんや。そんで、この家族旅行でプレゼントというサプライズを考えたわけや』

オレは、小浜温泉というところの旅館かホテルの一室で、菱田の両親がスマートフォンをプレゼントしているシーンを思《おも》い浮《う》かべた。

『で、最初に電話を掛《か》ける相手に選んだのは誰《だれ》やと思う?』

オレは、うれしかった。

『小谷や』

「そう来るか」

オレは部屋のドアを開けた。

『ほんでな、テツオ。小谷から今日のこと少し聞いた。ルンルン・カフェできついこと言われたらしいな』

本当のことを言われただけやからきついことないけど……、やっぱりきついかな。

「ひっしゃん、中学校は楽しいか?」

オレはベッドに腰掛《こしか》けた。

『だから、オレは疲《つか》れてるって。けどなテツオ。オレは思うけど、オレらはまだ、なりたてやん』

「なりたて?」

『そう。オレらまだ、中学生になりたてやん。慣《な》れてないことといっぱいある。これから慣れていくことも、慣れへんことももきっとあるやん』

「ひっしゃん、わかったようなこと言うな。それやったら、オレの母親が言うたことや、里山さんが教えてくれたことと一緒《いっしょ》や。ひっしゃんはおばはんか。あ、おっさんか」

菱田が黙《だま》った。

オレは、スマートフォンって電話代が高いやろうなと、それも気になった。

『テツオ、本当はな。できればオレ、小学生に戻《もど》りたいねん』

電話口で、情《なさ》けなさそうな菱田の声がして、オレはほっとした。ひっしゃんもやっぱりそうやねんな。

「けど、戻れへんもんな」とオレは言った。

『そやな。そこが問題や』

菱田の声が、情けないのから、卒業生代表の菱田になった。

「どうしようか。ひっしゃん」

『どうしようかって、せやから、前に進まなしょうがないやん、テツオ。続くんや。続く』

菱田の声に力が入ってくる。

「続くって……」

『テツオ、オレらの中学校時代はまだまだ、続いていく。だから、続く。おしまい』

菱田がばしっと電話を切った音がした。

オレは、ツーツー音がしている子機を見つめた。

なんやねん、それ。

「続く」で終わるなよ、菱田。

電話番号を教えてくれよ。

オレは通学カバンから生徒手帳を出し、子機の着信履歴《ちゃくしんりれき》を見て、菱田のスマートフォンの番号をメモした。

それから、床《ゆか》に置いた通学カバンと、机《つくえ》のフックに掛《か》けたランドセルを交互《こうご》に眺《なが》めた。

ランドセルの小学生から、通学カバンの中学生になったオレ。ヤングアダルトになったオレ。もう戻《もど》れないオレ。けど、ランドセルがやっぱりまだ好きなオレ。

それが、今のオレ。

ランドセルをクローゼットにしまうのはやめようと思う。好きなもんは出しておいたらええ。

それでええやんな。

立ち上がって、イスに座《すわ》った。机の上、ビニールシートの下にはコピーした座席表《ざせきひょう》と時間《じかん》割《わ》りがある。

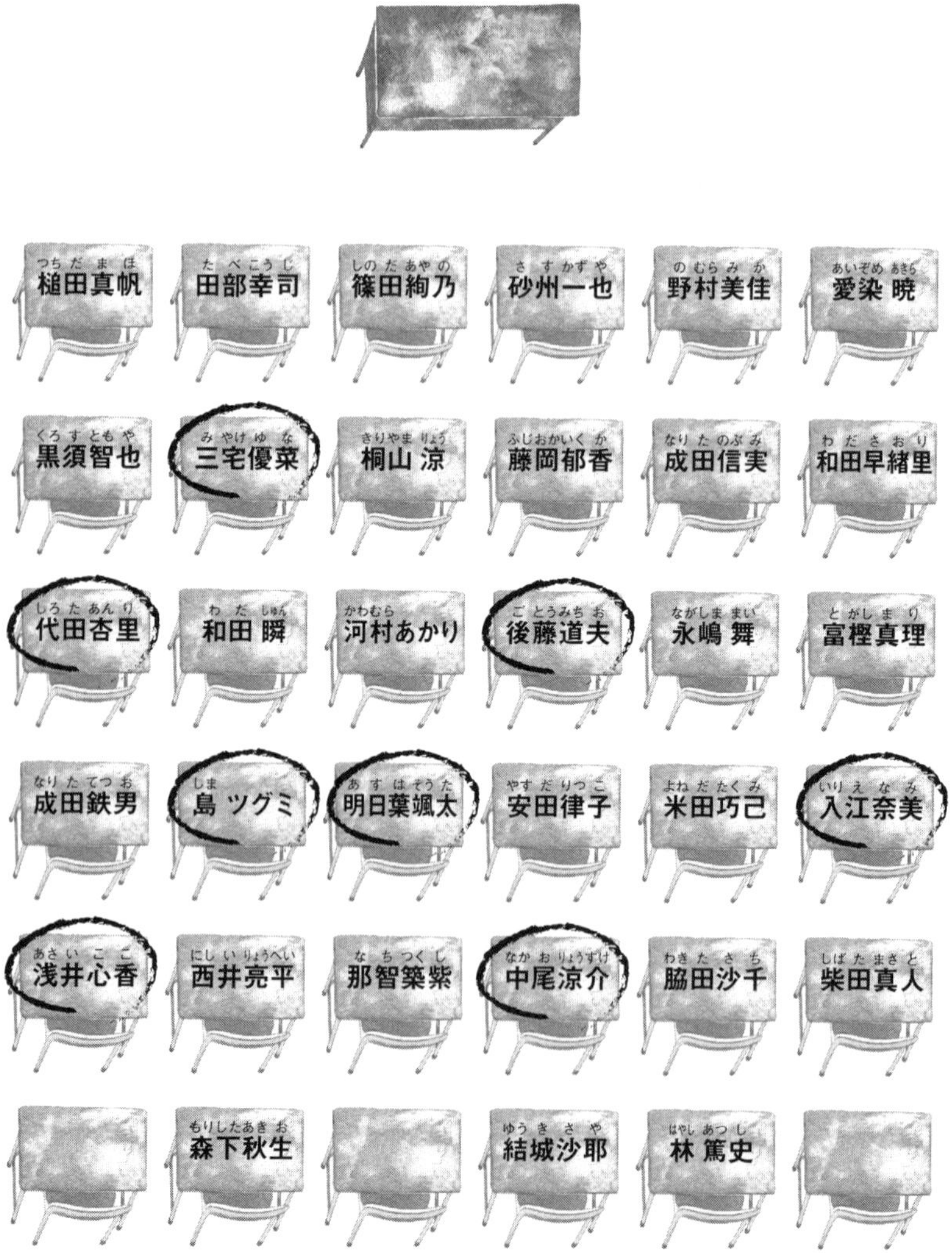
槌田《つちだ》真帆《まほ》
田部《たべ》幸司《こうじ》
篠田《しのだ》絢乃《あやの》
砂州《さす》一也《かずや》
野村《のむら》美佳《みか》
愛染《あいぞめ》 暁《あきら》
黒須《くろす》智也《ともや》
三宅《みやけ》優菜《ゆな》
桐山《きりやま》 涼《りょう》
藤岡《ふじおか》郁香《いくか》
成田《なりた》信実《のぶみ》
和田《わだ》早緒里《さおり》
代田《しろた》杏里《あんり》
和田《わだ》 瞬《しゅん》
河村《かわむら》あかり
後藤《ごとう》道夫《みちお》
永嶋《ながしま》 舞《まい》
富樫《とがし》真理《まり》
成田《なりた》鉄男《てつお》
島《しま》 ツグミ
明日葉《あすは》颯太《そうた》
安田《やすだ》律子《りつこ》
米田《よねだ》巧己《たくみ》
入江《いりえ》奈美《なみ》
浅井《あさい》心香《ここ》
西井《にしい》亮平《りょうへい》
那智《なち》築紫《つくし》
中尾《なかお》涼介《りょうすけ》
脇田《わきた》沙千《さち》
柴田《しばた》真人《まさと》
森下《もりした》秋生《あきお》
結城《ゆうき》沙耶《さや》
林《はやし》 篤史《あつし》

	月	火	水	木	金
1	社会	数学	英語	数学（瓜生直子）	学活（瓜生直子）
2	英語	英語	保体	理科（深松隼人）	国語（亀岡綾乃）
3	保体	理科	理科	保体（赤井龍聖）	英語（新藤太市）
4	国語	国語	社会	国語（亀岡綾乃）	数学（瓜生直子）
5	道徳	総合	数学	家庭（佐古南）	社会（敦賀慎一）
6	美術	美音	家庭	家庭（佐古南）	音楽（岡田幸子）

オレは座席表《ざせきひょう》を取り出して、今日までに顔を覚えたやつの名前に丸を付けていった。
なんやオレ、まだクラスのやつらのこと、全然知らんやん。

それから時間割《じかんわ》りも取り出して、授業《じゅぎょう》を受けた先生の名前を書いていった。
なんや、まだまだオレ、先生たちのこと、全然知らんやん。
ヤングアダルトの入り口や。
なりたてや。
せやから、「続く」や。

ちょっと、うれしくなってきた。

ひこ・田中　ひこ・たなか
1953年、大阪府生まれ。同志社大学文学部卒業。1991年、『お引越し』で第1回椋鳩十児童文学賞を受賞。同作は相米慎二監督により映画化された。1997年、『ごめん』で第44回産経児童出版文化賞JR賞を受賞。同作は冨樫森監督により映画化された。2017年、本書「なりたて中学生」シリーズ（全3冊）で第57回日本児童文学者協会賞を受賞。他に、「モールランド・ストーリー」シリーズ（福音館書店）、「レッツ」シリーズ（そうえん社）、『大人のための児童文学講座』（徳間書店）、『ふしぎなふしぎな子どもの物語 なぜ成長を描かなくなったのか？』（光文社新書）など。『児童文学書評』主宰。

なりたて中学生《ちゅうがくせい》 初級編《しょきゅうへん》

2015年1月29日　第1刷発行
2022年4月4日　第10刷発行

著　者　ひこ・田中《たなか》
発行者　鈴木章一
発行所　株式会社　講談社　KODANSHA
〒112-8001　東京都文京区音羽2-12-21
電話　編集　03（5395）3535
販売　03（5395）3625
業務　03（5395）3615
印刷所　株式会社新藤慶昌堂
製本所　株式会社若林製本工場
本文データ制作　講談社デジタル製作

N.D.C.913 255p 20cm ISBN978-4-06-219323-8